中华远古神话衍说
三皇五帝

刘勤 等著

伏羲神话

道启鸿蒙

生活·读书·新知 三联书店

Copyright © 2020 by SDX Joint Publishing Company.
All Rights Reserved.
本作品版权由生活·读书·新知三联书店所有。
未经许可，不得翻印。

图书在版编目(CIP)数据

道启鸿蒙：伏羲神话 / 刘勤等著. — 北京：生活·读书·新知三联书店，2020.8

（中华远古神话衍说·三皇五帝）

ISBN 978-7-108-06763-0

Ⅰ.①道… Ⅱ.①刘… Ⅲ.①神话—作品集—中国 Ⅳ.①I277.5

中国版本图书馆 CIP 数据核字(2020)第 024830 号

责任编辑	赵　炬　李　荣
封面设计	刘　俊
责任印制	黄雪明

出版发行　生活·讀書·新知 三联书店
　　　　　（北京市东城区美术馆东街22号）
邮　　编　100010
印　　刷　常熟高专印刷有限公司
版　　次　2020年8月第1版
　　　　　2020年8月第1次印刷
开　　本　650毫米×900毫米　1/16　印张　14.75
字　　数　140千字
定　　价　46.00元

总　序

小时候，听长辈讲长征的故事，通常会这样开始："自从盘古开天地，三皇五帝到如今，历史上还从来没有过我们这么伟大的长征……"那时觉得盘古开天、三皇五帝等传说，离我们很遥远很遥远，有一种悲壮、辽阔、深邃的感觉，却是深深地刻印在心底。后来知道，那是中华民族壮丽史诗的开篇，不由得萌生出一种很崇高的感觉。

盘古开天的故事，早在两汉后期的史书中就有记载。据说当时天地一体，混沌难分。盘古君龙首蛇身，嘘为风雨，吹为雷电，开目为昼，闭目为夜。后来，他的故事在民间传播得更加神奇，说是一天醒来，见四周黑暗，他便抡起大斧劈开去，混沌的天地就这样被分开了。此后，他的呼吸，他的声音，他的双眼，他的四肢，还有他的肌肤，化作流动的风云,震耳的雷鸣,明亮的日月,辽阔的大地,奔腾的江河……从此,盘古就成为后人心目中开天辟地创造人类世界的始祖。

三皇的记载,众说纷纭。李斯的说法很权威。《史记·秦始皇本纪》载李斯的话说:"古有天皇、有地皇、有泰皇。"这样说又很笼统,于是又有人把它坐实,出现了女娲、燧人、伏羲、神农、祝融等具体人名。至于五帝,分歧就更多了。司马迁依《世本》《大戴礼》,以黄帝、颛顼、帝喾、唐尧、虞舜为五帝。而孔安国《尚书序》、皇甫谧《帝王世纪》、孙氏注《世本》,则以伏牺、神农、黄帝为三皇,少昊、颛顼、高辛、唐尧、虞舜为五帝。

在中国人的心目中,三皇五帝是华夏各民族的始祖,围绕着他们的各种神话传说格外丰富。如"绝地天通""羲和浴金乌"等,反映了人类早期通过幻想对天地宇宙、人类起源、自然万物的探索;"仓颉造文字""嫘祖始蚕桑"等神话故事既充满幻想,又很接地气;"后羿射骄阳""青要山武罗"等故事主人公敢于抗争,锲而不舍,体现出一种为大我牺牲小我的精神;"象罔寻玄珠""许由拒帝尧"等故事,描写的虽是身边琐事,但蕴含的却是大道理。这些故事,散见于群籍,需要有人作系统的整理,让更多的读者去理解、去欣赏。早年,沈雁冰(茅盾)先生著《中国神话研究》说:"中国神话不但一向没有集成专书,并且散见于古书,亦复非常零碎,所以我们若想整理出一部中国神话来,是极难的。"上世纪八十年代,袁珂先生筚路蓝缕,系统地研究中国神话,推出了一系列成果。 其中《中国古代神话》是一部普及性的读物,从世界是怎样形成的开始,分十章描述了女娲补天的壮举、黄帝与蚩尤的战争、帝舜与帝喾的传说、嫦娥奔月的故事、鲧禹治水的功绩等,初步梳理出了中国远古神话的发展线索。 同是蜀人的刘彦序君耗时十载,踵事增华,编纂了这部《中华远古神话衍说·三皇五帝》,继续完成这项"极难的"整理工作。 作者以大家所熟悉的"三皇五帝"为纲,从创世之母,女娲神话说起,依次叙述了伏羲、神农、黄帝、颛顼、帝喾、尧帝、舜帝等与其臣僚、配偶、子嗣、敌友的错综关系以及相关神灵故事和神话传说,将纷繁复杂的远古神话故事,条分缕析,构成八个系列,广泛涉及文学、神话学、民俗学、宗教学、美术、音乐、教育学、心理学等多个学科,充分吸收近年来学术界的研究成果,多有创获。

首先是体例新颖。 八个系列包含了八十篇故事。 每篇分为四个部分,即"原典""今绎"(故事)"注释"和"衍说"。 每则故事,都是基于作者的综合研究,用简练、诗化的现代语言讲述出来。"原典"既包括神话原典,也包括学界成果,说明"今绎"的故事,言必有据。"注释"是对故事中的一些疑难字词加以注音释义,尤其是一些神话人名和地名。 作者在叙述中华远古神话传说演变的过程中,又站在

"如今"的立场上,从历史学或神话学的角度,对这些神话故事进行了专业"衍说",一则交代神话故事及相关背景、历史事件、象征意义,二则阐释经典神话中的审美价值、教育意义。这种结构方式,使得这部著作别开生面,不仅能为普通读者,特别是青少年读者所接受,就是对于各行各业的成年读者来说,也具有相当积极的参考意义。

其次是立意高远。这套书有别于传统的耳熟能详的神话叙述方式,而采用多种形式,对中华远古神话进行独特深入的挖掘,拓展丰富了神话的内容和形式,揭示出我们的先民在创业过程中的艰辛劳作、丰功伟绩以及留给后人的启迪。如尧帝篇"偓佺献松子"的故事,作者在"衍说"中指出,人生的价值不止于长生,甚至可以说,相对于精神的不朽,肉体的长生就显得黯然失色了。人是要有一种精神的,这是我们的基本信念。所以司马迁在《报任安书》中说:"人固有一死,或重于泰山,或轻于鸿毛……"《老子河上公章句》也说:"人所以生者,以有精神。"又如感生神话,突出母子之爱;嫘祖神话,突出勤劳勇敢、乐于助人;夔神话,突出"多行不义必自毙";玄珠神话,突出正心诚意、无为而为;武罗神话,突出为了大我而牺牲小我的抉择。很多神话传说,蕴含着丰富的爱国主义、推己及人、悲悯人生、团结友爱、英雄主义等情怀,给现代教育增添了新的血液。

第三是雅俗共赏。作者满怀激情,通过诗意的语言,将遥远的神话传说带到当下。全书还配以大量插画,以普通民众喜闻乐见的方式传达深刻的人生道理,充满了诗情画意。人物的面貌与服饰,唯美、怪异、神秘,呈现出典型的东方色彩,营造出了神秘的神话氛围。图文并茂,生动活泼。通过这些神话故事,作者试图说明:神话的美,不仅在于它的奇幻和瑰丽,更在于它所体现出来的对人类的终极关怀。中华远古神话反映出人类共同的心理需求,是人类把握世界、认识世界的一种方式,也是一种重要的文化力量。

读罢全书,我很自然地就会想到毛泽东同志在《论反对日本帝国主义的策略》中说过的话。在这篇文章中,他把中国工农红军的伟大长征与盘古开天、三皇五帝联系起来,说自从盘古开天地,三皇五帝到如今,"我们中华民族有同自己的敌人血战到底的气概,有在自力更生的基础上光复旧物的决心,有自立于世界民族之林的能力"。中华民族在漫长的发展进程中,逐渐形成了共有的文化血脉。维护国家的统一,追求民族的昌盛,满足人民的幸福,是我们这个古老民族的根本所系,更是我们民族的精神象征。从这个意义上说,重新解读、理解三皇五帝的故事,其实也是一种寻根,就是要从根本上追寻我们这个古老民族的文化基因,固本培元,凝心铸魂。后世的中华帝王庙,往往以炎黄二帝作为华夏始祖,正是中华民族不忘本来、开创未来的象征。我们的文化教育工作者,就是要像总书记所要求的那样,通过自己的专业知识,从根本上讲清楚我们国家和民族的历史传统、文化积淀、基本国情;讲清楚中华文化积淀着中华民族最深沉的精神追求,是中华民族生生不息、发展壮大的丰厚滋养;讲清楚中华优秀传统文化是中华民族的突出优势,是我们最深厚的文化软实力;讲清楚中国特色社会主义植根于中华文化沃土、反映中国人民意愿、适应中国和时代发展进步要求,有着深厚的历史渊源和广泛的现实基础。

诚如作者所说,神话是一个民族的"本",是人类的"本"。我们需要从三皇五帝的故事传说中、从中华优秀传统文化中汲取养分和智慧,站稳脚跟,自觉延续文化基因,增长民族自尊心和自豪感。这是中华民族生存发展之本,凝心聚力之魂。今天的中国人,正豪迈地行进在新时代的伟大长征途中。在我们每个人的背后,都有一个长长的影子,那不仅仅是个人的身影,还有着厚重的民族文化的底色。刘彦序君通过独特的著述方式,把遥远的三皇五帝,清晰地展示在我们面前,如此近切,如此生动,有助于我们更好地理解我们的过去、现在和未来,也有助于我们更好地理解自己。

正基于这样的认识,我积极推荐《中华远古神话衍说·三皇五帝》。

刘跃进
己亥岁末写于京城爱吾庐

开 篇

人的历史,不仅有物质的历史,更有共尊共传的精神史。

神话,是一个民族的记忆和血性,也是人类共同的智慧和梦想。

再也没有比神话更惹人争议的事物了。这里我不去说它饱含的复杂理论和深奥学问,我关注的是人与神话本身。

古往今来,不知有多少文人骚客钟情于神话。庄子演神话为寓言,李白借神话抒逸篇,干宝铸伟史于志怪,松龄寄情怀于狐仙。经、史、子、集中,哪一处没有神话的身影?及至当代,神话又变换身姿,通过影视、新媒,一再地被创造、演绎并发酵。

神话并不仅仅是以一种高高在上的姿态存在,实际上更多时候,它是"随风潜入夜,润物细无声"般地融入我们生活的方方面面。比如,我们即使知道自己是父母所生,却仍骄傲地称自己为"龙的传人"。神话已然成为一种符号、象征,以及打上了民族烙印的精神寄托。

曾几何时,中国神话"零散、不成系统"的结论,似乎已经由老一辈神话学学者和民俗学家的阐释,深入人心。曾几何时,中国人艳羡希腊北欧神话,感叹我们的永久性缺失。然而,经过多年的神话研究我才发现,中国神话并不寥落,只是亟待钩沉和连缀,亟待唤醒并将其转变为一股催人奋发的力量。

不可忽视,在浩如烟海的中国古籍中,频频出现神话;而今华夏大地上,仍不断地滋生着新的神话。如梦,如烟,如螭龙,如钟磬,谁能摹状它的奇美灵动、它的细微浩瀚、它的庄严怪诞?它似乎始终有一种摄人心魄的力量,让人努力地超越"人"的世俗,而走向神圣的境地。

近半个世纪的神话学研究,在相近学科的成长之下,迎来了短暂的辉煌。一批神话资料的整理、分析和研究,以及比较研究,都取得了可喜成绩。然而,如同大部分社会科学的科研成果一样,它们被束之高阁,远离众生,自然也难以为人们所接纳。我们的此套丛书,算是科研转化的开山之作吧!

20世纪80年代前后,曾有一批知名画家为神话画过插图,付梓即成经典。后来,出版社不断翻印,可惜无论在形式还是内容上,40年来实在没有实质性突破。所以至今大家耳熟能详的仍然莫过于《盘古开天》《女娲补天》《精卫填海》《后羿射日》《嫦娥奔月》等寥寥几篇而已,大量神话无处寻踪,又或杂糅后起传说故事、童话、鬼话以及西方神话寓言故事,在时间、类别、精神、体系上完全不加甄别,引起读者的混淆。但是,值得注意的是,这寥寥几篇神话自诞生以来被万千次地引用,蕴含其中的中华文化基因和精神特质,每每让读者升起民族自豪感,产生奋起前行的活力。这又足以说明,中华神话作为民族文化之经典,即使过去千年,不仅不会褪色,反而如醇酒,历久弥芬。

因此,对中华神话的深入挖掘、整理,重新架构中华神话的完整体系,展示中华民族生生不息的文化基因和精神特质,是一项亟待进行的重要的文化工作。

"中华远古神话衍说·三皇五帝"即是首次对中国神话进行独特的挖掘、整理、改编、注解、评说的系统文化工程,前后耗时十载。丛书以"三皇五帝"为纲。

所谓"三皇五帝",就是"三皇五帝时代",又可称为"神话时代""上古时代"或"远古时代"。近现代考古发掘证明,这个时代很有可能如传说那样存在过。但是,"三皇五帝"的世系属后人伪造,所列顺序也并非是前后相继的关系。然"三皇五帝"之称由来已久,它承载着相当丰富的神话、历史信息,也经历了从神化到人化,再从人化到神化的复杂过程。至于"三皇五帝"到底是哪"三皇"哪"五帝",历来众说纷纭,莫衷一是。

先来说"三皇"。"三皇"之称,说法众多,如天皇(伏羲)、地皇(神农)、泰皇(少典)、人皇(少典)、燧人、伏羲(太昊)、神农(炎帝)、女娲、黄帝、共工、祝融等。在此聊举三种。一说是燧人、伏羲、神农（见《尚书大传》《风俗通义》《白虎通》）；一说是天皇、地皇、泰皇（见《史记》），或说天皇、地皇、人皇（见《春秋纬·命历序》）；还有说是伏羲、女娲、神农（见《春秋纬·运斗枢》《春秋纬·元命苞》）。迄今为止，学术界普遍认为，人类历史上最早出现的神灵皆为女神，后经父系社会的改造而男性化、男权化，"三皇五帝"也是如此。故今在选择"三皇"时，采用汉代纬书《春秋纬·运斗枢》《春秋纬·元命苞》的说法，并将创世女神女娲置于三皇之首。

再来说"五帝"。"五帝"之称，说法也多。如黄帝、颛顼、帝喾（高辛）、尧、舜、大皡（伏羲、太昊）、炎帝、少皞（少昊）、青帝（太昊）、白帝（少昊）、赤帝（炎帝）、黑帝（颛顼）等。在此聊举三种。一说是黄帝、颛顼、帝喾、尧、舜（见《国语》《大戴礼记》《吕氏春秋》《史记》）；一说是宓戏（伏羲）、神农、黄帝、尧、舜（见《战国策》《庄子》《淮南子》）；一说是太昊、炎帝、黄帝、少昊、颛顼（见《礼记》《潜夫论》）。以第一种说法最多，故今从其说。

此外，"三皇"与"五帝"的搭配又有多种；"三皇五帝"与诸多神灵的关系也纷繁复杂。比如，黄帝、炎帝、蚩尤之间的关系，神农与炎帝之间的关系，夸父、蚩尤、炎帝、祝融之间的关系，颛顼与少昊之间的关系错综复杂，一直都是研究上古史最大的疑案、悬案。

又如，长期以来，炎帝和神农合而不分。但《史记·五帝本纪》说"神农氏世衰"才有轩辕黄帝之世作，《国语·晋语四》又说:"昔少典娶于有蟜氏,生黄帝、炎帝。黄帝以姬水成,炎帝以姜水成,成而异德,故黄帝为姬,炎帝为姜。"可知,炎帝绝非神农,也不存在后裔或臣属关系。于此,崔述在《补上古考信录》中已有详论,兹不赘述。

那两者又为什么在后来合称不分了呢?"神农",顾名思义,是反映远古农业部落时代之称号,其神格与农业密切相关。故《风俗通义》说他"悉地力,种谷蔬,故托农皇于地"。《礼记·月令》也说,季夏之月"毋举大事,以摇养气,毋发令而待,以妨神农之事也"。而炎帝又为两河地区冀州中南从事农业生产部落之首领。大概正因为两者的业绩都与农业密切相关,又都似与黄帝部族有"对立"关系,故后来合二为一,长期以来不加分辨,便难分彼此了。

因此,本书钩沉古籍,对此虽有一定分辨,但考虑到两者的长期互融互渗现实,尤其是炎、黄的"对立"关系早已被弱化处理,所以作者有时也进行折中处理。再加上,本丛书"三皇五帝"中,神农为三皇之一,而炎帝未被列入,因此炎帝的故事被适当整合到了神农系列中。比如,在注重神农对于医药、五谷贡献的基础上,也不回避掺入炎帝的故事,唯其如此,才应是最"真实"的神话吧!

总之,本丛书以"三皇五帝"为线索架构故事,共80篇故事。每篇在体例上分为四个部分,即"原典""今绎""注释"和"衍说",颇具创新。"原典"是"今绎"改编的主要依据,既包括神话原典,也包括学界成果;"今绎"是科研转化的成果,是基于"原典"的改编,以简练、诗化的语言进行传述;"注释"是对文中疑难字词的注音注义,便于读者疏通文义;"衍说"是从历史学或神话学的角度,进行专业性和知识性的拓展,便于读者对中国神话有更加深入的认知。

改编所依据的原典遴选自上百种古籍,参考了后世研究文献和当今前沿成果,学术依据充分。改编时充分挖掘原典的精神内涵和想象空间。故事设置波澜起伏、耐人寻味。对每个故事的评说,力求见解独到,能给读者以启发。显然,本丛书在中国神话改编中所具有的创新性和前沿性,将为中国神话的接受和传播开创更为广阔的空间。

正所谓"本立而道生",神话就是一个民族的"本"、人类的"本"。神话本身所具有的认识功能、审美功能、符号象征功能,必将给我们以及后世子孙提供不竭源泉。中华民族诚然是一个博大坚韧、自强不息、富于希望的民族,这难道不是神话祖先和文化英雄们立人立己的精神为我们留下的璀璨瑰宝吗?

"问渠那得清如许,为有源头活水来。"江河东去,日月西行;回溯神话,云上听梦,不仅仅是探奇求胜的奇妙之旅,更是回归本心的家园之依啊!

彦序　上颐斋
2018年8月31日

目录

总序/刘跃进 | 1

开篇 | 1

绪言 | 1

伏羲母华胥 | 1

【原典】 | 3
【今绎】 | 5
【衍说】 | 17

伏羲与雷神 | 19

【原典】 | 21
【今绎】 | 23
【衍说】 | 36

伏女婚配 | 39

【原典】 | 41
【今绎】 | 43
【衍说】 | 57

伏羲创八卦 | 61

【原典】 | 63
【今绎】 | 66
【衍说】 | 80

伏羲作木兵 | 83

【原典】 | 85
【今绎】 | 86
【衍说】 | 98

伏羲驯家畜 | 101

【原典】 | 103
【今绎】 | 104
【衍说】 | 119

春之神句芒 | 123

【原典】 | 125
【今绎】 | 127
【衍说】 | 139

燧人氏取火 | 143

【原典】 | 145
【今绎】 | 147
【衍说】 | 161

桐瑟五十弦　　　　　　　| 163

【原典】　　　　　　　| 165
【今绎】　　　　　　　| 167
【衍说】　　　　　　　| 180

河伯与宓妃　　　　　　| 183

【原典】　　　　　　　| 185
【今绎】　　　　　　　| 188
【衍说】　　　　　　　| 200

后记　　　　　　　　　| 203

绪　言

作为三皇之一的伏羲，与创世之母女娲一样被视为护佑中华民族的正神，是龙的传人、是华夏民族人文精神的初始。据文献记载，伏羲氏为风姓，由于神力至高而广为传颂；其称谓随地域方音和时代发展而有多种，如宓羲、庖牺、包牺、伏戏、牺皇、皇羲、伏牺等。秦汉以来，神仙方术、阴阳五行思想盛行，人们认为太昊以木德而王天下，故配东方，为司春之神，于是便把他与太昊、青帝等诸神合称于世。如《汉书·律历志序》引《左传·昭公十七年》"郯子来朝"诸语，认为"庖牺继天而王，为百王先。首德始于木，故帝为太昊"。《礼记·月令》说："孟春之月……其帝大（太）皞。"《淮南子·天文训》说："东方木也，其帝太皞，其佐句芒，执规而治春。"伏羲是在"天帝"之后称王于人间的领袖,为统治天下黎民的"百王"之先,其德行起始于五行学说之一的"木德",故有"太昊""大(太)皞"之称。为了彰显四方五行之说,官方又称之为"太昊伏羲氏"或"青帝太昊伏羲"等。由于伏羲在中华文化圈中所具有的特殊身份和崇高地位,他又与其他诸神一样,也有着许多美丽的神话传说故事,无论是其离奇的身世、不凡的行踪,还是奇伟的功绩、不朽的道德,在人们口耳相传的过程中,均保持着较为原始的质素。

首先,从伏羲不同凡响的诞生过程及其奇特形貌来看,他具有感生神话的身影。其实,他的出生即以特定氏族或部族的图腾物表征着独一无二的图腾崇拜,从这个意义上考量,伏羲本身就是负载着本氏族或部族的某种神圣使命而来到世间的。对此,现存文献多有记载,如《帝王世纪》称伏羲的母亲华胥氏"履大人迹于雷泽,而生庖牺氏于成纪。蛇身人首……"。《河图》也认为:"燧人之世,大迹出雷泽,华胥履之,生伏羲。""雷泽"是神话传说中的灵修之地,据《山海经·海内东经》的记载,"雷泽有雷神,龙身而人头"。华胥氏于雷泽踩了巨人之迹而生下伏羲。显而易见,伏羲便天然地具有了"龙身人头"的形貌,同时也具有雷神一样的神力与神性。东晋王嘉《拾遗记》一书便在此基础上突出其不凡特征与独特神性:"春皇者,庖牺之别号。所都之国有华胥之州,神母游其上,有青虹绕神母,久而方灭,即觉有娠,历十二年而生庖牺。"因此,伏羲便具有了"龙身人头""蛇身人面""牛首虎鼻""麟身牛首"等奇异的形貌以及雷神的神圣性。由上述材料可知,伏羲的诞生故事具有感生神话身影。伏羲也是携带着本部族的图腾崇拜而显现在世人面前的一位神灵形象。根据伏羲氏离奇的诞生经历及其独特的形貌,我们创作了《伏羲母华胥》这一诗篇,通过栩栩如生的小故事,让读者较为直观地感受到伏羲的传奇人生。

其次,从伏羲所司神职及其为人类所做出的贡献来看,他具有其他神灵难以取代的重要地位和影响。即使被历史化为人间圣王,伏羲通过对天地万物的观察、抽象而形成的有利于民众生产生活的经验也是泽被后世、利于千秋的。《周易·系辞下》记载:"古者包牺氏之王天下也,仰则观象于天,俯则观法于地。观鸟兽之文与地之宜,近取诸身,远取诸物,于是始作八卦,以通神明之德,以类万物之情。作结绳而为网罟,以佃以渔,盖取诸《离》。"作为世间圣王,伏羲治理天下之时,仰望苍穹观察日月星辰的运行规律;俯视大地蠡测五湖四海的走向法则。同时,他还仔细探究鸟兽羽毛的纹彩踪迹、山川地形的脉象走势。一方面取象于人类活动本身,另一方面又取法于宇宙万物,从而创作了上通神明之德,下类万物之情的八卦。不仅如此,伏羲还教人们编绳结网及狩猎捕鱼之法,这些都离不开"离卦"的功劳。西晋皇甫谧《帝王世纪》在此基础上，整理诸家观点，进一步指出："伏牺氏……造书契以代结绳之政，画八卦以通神明之德，以类万物之情，所以六气，六府，六藏，五行，阴阳，四时，水火升降，得以有象，百病之理，得以有类，乃尝味百药，而制九针，以拯夭枉焉。"

至唐开元年间，司马贞为《史记》补写《三皇本纪》称伏羲"仰则观象于天，俯则观法于地。旁观鸟兽之文与地之宜，近取诸身，远取诸物。始画八卦，以通神明之德，以类万物之情。造书契以代结绳之政。于是始制嫁娶，以俪皮为礼。结网罟以教佃渔，故曰伏牺氏。养牺牲以庖厨，故曰庖牺。有龙瑞，以龙纪官，号曰龙师。作三十五弦瑟。木德王，注春令，故《易》称'帝出乎震'。月令孟春，其帝太皞是也。都于陈。东封泰山，立一百一十一年崩"。从中可以看出，伏羲还创造了文字以代替古老的"结绳记事"之法，确定了族外婚的婚嫁制度以抛弃昔日血缘婚的陈规陋习，创造历法以定节气为农业文明的进步奠定了基础，遍尝百药制作九针以拯救天下病疾，发明琴瑟创制《驾辨》之曲以愉悦诸民，团结天下诸部落以蛇图腾为中心，汇合多民族图腾为一体而成为中华民族的总图腾——龙图腾。最终，他称王一百一十一年，为中华民族做出了巨大贡献。在此基础上，本系列诗篇中的《伏羲创八卦》就是对现有文献的合理加工、整理与润色的结果。

在其后漫长的岁月中，人们通过各种形式的先祖神诉说与扩展夸大式回忆，围绕着伏羲氏创造了许多脍炙人口的神话故事和民间传说。据《易经》所载，伏羲"一画开天，人文肇始之"，也就是说，伏羲以一拟太极，然后一画开天，从而创造了世间万物，新的世界诞生了。从神话学的角度来说，伏羲与女娲一样是创世神。1942年出土于长沙东郊子弹库的楚帛书详细地记载了这一创世神话。楚帛书甲篇云："曰故（古）大熊包戏（伏羲），出自□（震）□，居于睢□。厥□，□□□女。梦梦墨墨，亡章弼弼。□每（晦）水□，风雨是於。乃取（娶）□□子之子，曰女□（娲）□，是生子四。"文中大意是说，在天地尚未形成之时，整个世界都处于一片混沌之中，当时有居于雷泽的伏羲、女娲二神在蒙昧未知的状态下结为夫妻，而后生了代表世间四时的四神。因此，宋代陆游评价称："无端凿破乾坤秘，始自羲皇一画时。"而伏羲女娲兄妹婚的故事更是广为流传，经久不息。另外，后世还传颂伏羲能缘天梯建木以登天，往来于天庭与人间。《山海经·海内经》记载："南海之内，黑水、青水之间，有木，名曰建木。太皞爰过，黄帝所归。"即伏羲曾经攀缘建木而上下于天地之间。由于当时艰难的生存环境以及恶劣的自然环境，为了自身或者本部族的利益着想，伏羲还"造干戈以饰武"，以驱除猛兽、猎取食物、强身健体，进而保家卫国。《竹书纪年》也记载："伏羲造干戈。"《拾遗记》也称伏羲"去巢穴之居,变茹腥之食,立礼教以导文,造干戈以饰武"。《太白阴经》还说:"木兵始于伏羲,至神农之世,削石为兵。"以上述文献记载为依据,在充分认识材料的基础上,我们通过合理的想象和深入的思考创作了《春之神句芒》《伏羲与雷神》《伏女婚配》《伏羲作木兵》等诗篇。 这些神话故事不仅能够使我们较为完整地理解远古初民对于自然万物的认识以及他们的世界观和价值观,而且还会开启读者的想象空间,启迪读者的心智,让人们以一种崭新的方式和观念多角度地认知我国古代源远流长的神话故事。

最后,从对伏羲神话传说与历史故事的梳理与归整情况来看,他不仅是中华民族血脉相承的始祖神,承载着共同的民族精神、民族气质,以及强烈的民族信仰意识,而且还以其为中心形成了独一无二的伏羲文化,并通过生生不息的薪火相传方式凝聚于中华文化的最深处,为人民大众休养生息、修身养性,以及民族团结和国家一统等默默贡献着精神养料。 不难看出,其中的文化内核就是蕴含着"天人谐和"思想的伏羲八卦。 它是一组代表自然界天、地、水、火、风、雷、山、泽等八种数理符号。 人们可以通过卦象的运演,以其整体性、直观性等特点,来探索和研究万物互联互动的客观规律。 因此,它是初民对于物质世界的早期认知和初步把握,孕育着我国朴素唯物主义哲学的胚芽,并成为

《周易》所谓"立天之道曰阴曰阳,一阴一阳之谓道"和"道法自然"的哲学根基。其博大精深的文化内涵,以及在"中和"理论的指导下"以卦治天下"的宏伟构想,均吸引着学者们孜孜不倦地辛勤探索和研究。毋庸置疑,它实质上开启了中华文明的文化之源,成了中华传统文化的原点。从某种意义上来说,伏羲氏所倡导的八卦算数实为"道启鸿蒙"。

为此,我们在伏羲神话传说和民间故事的基础上,从其多维视角和不同层面,充分发挥想象创作了《道启鸿蒙——伏羲神话》。本系列神话分别是《伏羲母华胥》《伏羲与雷神》《伏女婚配》《伏羲创八卦》《伏羲作木兵》《伏羲驯家畜》《春之神句芒》《燧人氏取火》《桐瑟五十弦》《河伯与宓妃》,主要讲述了伏羲的诞生、婚配、子嗣、臣属以及各种发明创造。

《伏羲母华胥》讲述了华胥氏履大人之迹而感生伏羲的神话故事。华胥国是一个神奇的国度,人与自然相处和谐。美丽能干的姑娘华胥氏误入雷泽。这里是雷神的地盘,也是个美妙的世界。花丛中散落着一只只巨大的脚印,华胥氏忍不住去踩,后来竟在脚印上恣意飞奔起来。不知不觉中,一缕奇异的青虹包裹了她。回家后不久,华胥氏就怀孕了,并生下了伏羲。

《伏羲与雷神》讲述雷神发怒,雷声整整响了三年,吓得万物不生，动物和人类纷纷饿死。为了族人，伏羲踏上了寻找雷神之路。他翻过崇山，越过黑水，来到了天地之中都广之野。这里是个极乐世界：人们开心快乐，以凤凰蛋为食，以甘露为饮，鸾鸟歌唱，凤凰舞蹈。都广之野的中央，有一棵建木，树干光滑笔直，高耸入云。伏羲用龙尾攀住建木，艰难地往上爬，用了整整四十九天，终于上了天。伏羲质问雷神为何要降下惊雷，雷神告诉他是为了寻找自己丢失的儿子。当雷神抬眼见到伏羲后，却惊呆了：这莫不是自己的儿子！竟然和自己长得一模一样。

《伏女婚配》讲述了大洪水之后，伏羲和女希婚配诞育人类的故事。天降洪水，淹没了世间万物。伏羲和女希躲进仙葫芦，逃过一劫。洪水消退后，二人发现世上只剩下他们两人。为了使世间重现生机，伏羲便提出与女希婚配共育后代。但女希设置了三个难题：一是让天上的散云聚合；二是让山南山北磨盘扣合；三是让伏羲围绕大树追上她。最后，伏羲顺利解决难题，二人婚配。

《伏羲创八卦》讲述了伏羲创制八卦的种种契机。面对世界的危险重重、神秘莫测，智慧的伏羲探索着人类的终极问题。为什么四季从不食言，周而复始地轮换？为什么春夏秋冬和而不同，有条不紊？这变与不变之中，到底蕴藏着怎样的秘密？后来，龙马负河图而出，激发了伏羲的灵感。他打算用些符号来表示他的思考，这就是后来的八卦。

《伏羲作木兵》则讲述了这样一个故事：最初的人类拥有着无穷的神力，兼具各种技能。他们眼观六路耳听八方，上天入地无所不能。他们过于聪明能干，甚至开始问鼎天庭，这引起了天帝与天神们的恐慌，天帝逐渐削弱他们的神力，还降下了洪水，人类一代一代地覆灭。到了伏羲时代，人们已是纯粹的血肉之躯，再无与洪水猛兽抗争的力量了。猛兽在部落里四处作乱，人们家破人亡，生不如死。伏羲于是潜心制作了一种圆柄并缀有石镞的武器，并教会人们如何防卫，最后赶跑了来犯的猛兽。伏羲制作的武器为早期武器矛、戈、戟等提供了借鉴。

《伏羲驯家畜》讲述了伏羲驯化五种家畜的故事。大旱成灾，伏羲部落没有了粮食，人们不是饿死就是病死。于是伏羲率领青壮年前去捕猎，准备祭祀，并猎到了野马、野鸡、野牛、野猪和野山羊等五种动物。当天夜里，伏羲梦到神灵启示他豢养这些野兽，并给了他金麦穗和五彩蓍草。壮汉用金麦穗驯服了野马；句芒驯服了野鸡；伏羲先用蓍草驯服了野牛，又用金麦穗驯服了野猪；小女孩驯服了野山羊。最后伏羲还教大家将野兽配对圈养。就这样，人类开始了驯养家畜的生活。

《春之神句芒》讲述了伏羲之臣春神句芒唤醒万物的故事。句芒的职责是在春天来临之时，将冬眠的动植物唤醒，并提醒人们勿负春光。立春前一日，人们摆上食物、簪着花、做好一头栩栩如生的春牛,朝着东方迎接春神。春神来之后,开始丈量春天的范围。接着,他请雨神下春雨,请风神吹拂万物,请雷神唤醒大地。春光明媚、春花绚烂、春声婉转,人们沉醉其中,无法自拔。为了提醒人们不忘春耕,句芒派布谷鸟在空中巡视,欢唱"布谷——布谷——"。虽然现在我们还能在迎春的年画中看到句芒的影子,但他的形象多已变成头绾双髻、手握柳鞭、骑在牛背上的牧童了。

《燧人氏取火》讲述了由于人们无休止地烧山捕猎,雷神收回了火种,人间再次陷入黑暗。一位智者踏上了寻找火种的征程。他走过许多地方,却始终一无所获。一天,他来到了燧明国。这个国家的中央,有棵燧木。燧木枝繁叶茂,遮天蔽日。太阳和月亮的光辉都无法穿透树冠,但是奇怪的是,国中却始终明亮。智者觉得奇怪,四处寻找光源。后来他发现是一种叫鸮的鸟不停啄树干取食所致。智者在它的启发下钻木取火。雷神让智者保证绝不把火的秘密告诉别人,否则就会受到惩罚。有一年冬天特别冷,各部族的火种都熄灭了。成千上万的人都被冻死、饿死。智者不断地制造新的火种送给大家,但一个人的力量实在太弱小,他最后不得已说出了火的秘密。就在他说出的一瞬间,一个惊雷将其震得粉碎。

《桐瑟五十弦》讲述了伏羲感悟到自然之声的美妙,便激发了制作乐器的灵感。他来到桐林,在静穆的清晨和寂寥的夜晚聆听风伯的浅吟低唱,借此判断桐木质地的优劣。最终,伏羲选定了一棵桐木,将其砍下切割成形,并先后试了几种材质的丝弦,终于选择了蚕丝。伏羲将这件乐器叫作"瑟"。伏羲用瑟创作了流芳百世的《驾辩》《扶来》等乐曲。但是,由于它的声音过于阴柔悲伤,黄帝便命人把原本的五十弦删减为二十五弦。

《河伯与宓妃》讲述了河伯听到一阵美妙的琴音,循声望去,看到了美丽的宓妃。河伯向其求爱,却被拒绝了。侍卫乌贼带领虾兵蟹将去找伏羲送定亲彩礼,又被拒绝了。河伯怀恨在心,化作渔夫,将宓妃骗上了船,并威胁宓妃嫁给他。宓妃并没有妥协,而是纵身跃入洛水之中,死后成为洛水女神。

最后,还有几点说明:

第一,本书与时著体例不同,尤其是每个故事后面的"衍说",从专业角度拓展了该神话故事的相关文化知识和理论视野,指出了现实意义。但是,囿于作者的能力和识见,肯定有挂一漏万和阐释不当不足之处,恳请各位善知识不吝赐教。

第二,故事叙述用诗行排列,力求简练、疏朗,并凸显每个故事、人物的独特性和精神特质,为尽量避免出现复杂的人物关系,对有些形象进行了简化甚至省略,读者若想获取全貌,不妨将单篇连缀起来阅读,或据"衍说"按图索骥。

　　第三，本书的神话故事，因所采文献博杂、零碎，有些故事原典之间本身矛盾龃龉，改编时，作者为避免削足适履，在基本遵循原典精神的前提下，有时据故事需要酌情取舍。此套丛书的编写虽有严格的文献依据，也有一定的专业性解说，但毕竟非严谨的神话学学术著作，或可视为学术研究向大众读物的下移，故更注重故事的可读性，如故事性、神话性、文学性等，若要坐实历史或仅以学术标准核之恐失作者初衷。

　　是为序。

彦序　上颐斋
2019 年 8 月 13 日

伏羲母华胥

刘勤 严焱 撰
王麟麟 绘

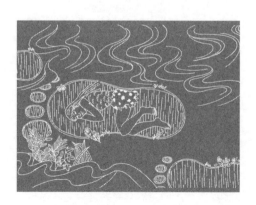

【原典】

○（战国）《山海经·海内东经》："雷泽中有雷神，龙身而人头，鼓其腹。"

○（战国）公羊高《春秋公羊传》："圣人皆无父，感天而生。"

○（战国）列御寇《列子·黄帝》："（黄帝）昼寝而梦，游于华胥氏之国。华胥氏之国，在弇州之西，台州之北，不知斯齐国几千万里；盖非舟车足力之所及，神游而已。其国无帅长，自然而已；其民无嗜欲，自然而已。不知乐生，不知恶死，故无夭殇；不知亲己，不知疏物，故无爱憎；不知背逆，不知向顺，故无利害；都无所爱惜，都无所畏忌。入水不溺，入火不热。斫挞无伤痛，指擿无痟痒。乘空如履实，寝虚若处床。云雾不硋其视，雷霆不乱其听，美恶不滑其心，山谷不踬其步，神行而已。"

○（东汉）许慎《说文解字》："古之神圣人，母感天而生子，故称天子。"

○（东汉）王符《潜夫论·五德志第三十四》："大人迹出雷泽，华胥履之，生伏羲。"

○（汉）《钩命决》："华胥履迹，怪生皇牺。"

○（西晋）皇甫谧《帝王世纪》："太昊帝庖牺氏，风姓也。母曰华胥。燧人之世，有巨人迹，出于雷泽，华胥之足履之，有娠,生伏羲。长于成纪,蛇身人首,有圣德。"

○(东晋)王嘉《拾遗记·春皇庖牺》:"春皇者,庖牺之别号。所都之国,有华胥之州。神母游其上,有青虹绕神母,久而方灭。即觉有娠。历十二年而生庖牺。"

○(南朝梁)萧绎《金楼子》:"太昊帝庖牺氏,风姓也。母曰华胥。燧人之世,有大迹出于雷泽,华胥履之,生庖牺。蛇身人首,有圣德。"

○(唐)司马贞《补史记·三皇本纪》:"太昊庖牺氏,风姓,代燧人氏继天而王。母曰华胥,履大人迹于雷泽,而生庖牺于成纪。蛇身人首,有圣德。"

○(宋)李昉《太平御览》七八引《诗纬含神雾》:"大迹出雷泽,华胥履之,生宓牺。"

○(明)孙瑴《古微书》引《初学记》《太平御览》:"大迹出雷泽,华胥履之,生庖牺。""华胥履迹,怪生皇羲。"

【今绎】

一

远古时代,有一个神奇的地方,
整日云雾缭绕,仙乐飘飘;
常常在虚空中浮动,若隐若现。
清晰时,能看到——
群山高耸,像矗立于天地间的柱子;
湖泊圆圆,像明镜般透亮,又像沉睡的婴儿般静谧。
这里,就是华胥国①。
据说,只有德感天地的人才能进入。

---

①华胥国:神话传说中的古国名。后用以指理想的安乐和平之境,或作"梦境"的代称。《列子·黄帝》:"黄帝昼寝而梦,游于华胥氏之国。华胥氏之国在弇州之西,台州之北,不知斯齐国几千万里。盖非舟车足力之所及,神游而已。其国无帅长,自然而已;其民无嗜欲,自然而已……黄帝既寤,怡然自得。"宋王安石《书定林院窗》诗之一:"竹鸡呼我出华胥,起灭篝灯拥燎炉。"

二

群山上古木参天,青萝缠绕。
山谷中的风吹来,发出铃铛般的声响。
凤鸟戴着金色的头冠,灵猴生着健硕的双翅;
猛虎圆睁凌厉的四目,狐狸摇摆带风的九尾。
各种珍禽异兽,
怡然自得地在林间漫步、攀缘、飞舞。

三

华胥国的人们淳朴、善良。
无论是狩猎,还是采摘果实,
大家都团结合作,平分劳动成果。
他们相信万事万物都普遍联系着,
无论是天上的白云、日月、星星,
还是地上的草木、走兽、虫鱼和人,
都是这个世界不可或缺的,都有神灵呵护,
所以要爱护植物、动物,友好地对待他人。

群山上古木参天,青萝缠绕。

山谷中的风吹来,发出铃铛般的声响。

凤鸟戴着金色的头冠,灵猴生着健硕的双翅;

猛虎圆睁凌厉的四目,狐狸摇摆带风的九尾。

四

其中有个叫华胥氏①的女孩子,
眼睛又大又亮,犹如十五的满月;
嘴唇红润小巧,恰似三月的樱桃;
浓密的头发像瀑布一样直垂腰间。
她穿着虎衫豹裙,身形矫健,
不仅擅长采摘果实,还能和猎人一起奔跑狩猎。
大家都很喜欢她,小伙子们更是常常围着她打转。

五

有一天,华胥氏在采摘果实的途中,
不知不觉地,与大伙儿走散了,

---

① 华胥氏:伏羲的母亲。北魏郦道元《水经注·瓠子河》:"瓠河又左径雷泽北,其泽薮在大成阳县故城西北十余里,昔华胥履大迹处也。"唐司马贞《补史记·三皇本纪》:"太皞庖牺氏……母曰华胥,履大人迹于雷泽,而生庖牺于成纪。"《二十四史通俗演义》:"却说太昊伏羲氏,成纪人也。其母华胥氏,居于华胥之渚。华胥,即今陕西西安府蓝田。"

她穿着虎衫豹裙,身形矫健,
不仅擅长采摘果实,还能和猎人一起奔跑狩猎。

独自一人来到了雷泽①,
她不知道这是雷神②的地盘。
那是一片浩瀚无垠的湿地,
五色野花开放得热热闹闹。
绚丽的彩蝶在花间载歌载舞,
纤细柔美的歌声随风飘扬。

六

"哇唔,太美妙了!"华胥氏惊呆了,沉醉了。
她情不自禁地走上前去,想融入这个美妙的世界。
"嘭"的一声,她的头结结实实地撞上了阻碍物,
整个人都被弹了回来。 随即,一阵暖流淌过全身。
"对不起,对不起……我一定是闯入了神灵的禁地。
请原谅我的鲁莽。 不过,我真的真的好喜欢这里!"

---

①雷泽:神话中地名,说法不一。一说为神话传说中雷神的居处,又名"龙泽"。《山海经·海内东经》:"雷泽中有雷神,龙身而人头,鼓其腹。在吴西。"一说为古泽名,本名雷夏泽。在河南省范县东南接山东省菏泽市界。传说舜帝曾在此捕鱼。《尚书·禹贡》:"雷夏既泽,雍、沮会同。"《史记·五帝本纪》:"舜耕历山,渔雷泽。"张守节正义引《括地志》:"雷夏泽在濮州雷泽县郭外西北。"《汉书·地理志下》:"舜渔雷泽。"

②雷神:神话传说中主司打雷的神,民间俗称雷公。其形象有多种说法,如龙身而人头,人身而鸡头。《山海经·海内东经》:"雷泽中有雷神,龙身而人头,鼓其腹。"元马致远《荐福碑》第三折:"你因甚恼着雷神来。"

"嘭"的一声,她的头结结实实地撞上了阻碍物,整个人都被弹了回来。随即,一阵暖流淌过全身。

华胥氏喃喃自语着,暗暗祈祷着。
当她再次抬腿跨入时,这次果然没有任何阻拦。

七

"终于进来了! 终于进来了——"
声音从她嘴里窜出来,竟变了腔调,
它们欢呼雀跃、争前恐后地跑出,
先是回荡在周围,然后竟然变成一个个音符,
慢悠悠地飘到空中,随后,渐渐消散。
华胥氏目瞪口呆。

八

等她回过神来,这才看见花丛中散落着一只只巨大的脚印,
放眼望去,在原野上绵延起伏,连成一串,一直奔向远方。
"哎哟,可怜的花儿!"
华胥氏蹲下身子,去扶脚印里被踩倒的花儿。
花儿眨巴着眼睛,连连鞠躬,向她表示感谢。
她又张开双臂去丈量脚印的长度和宽度。

可这脚印实在是太长太大了,她根本够不着!
她索性躺在脚印里,枕着手臂打起盹儿。
哎呀,是谁这么坏,使劲儿地挠她的胳肢窝?
蔚蓝色的天空中,白云朵朵,仿佛有人在窃笑。

九

望着原野上渐渐远去的脚印,
华胥氏心里纳闷:
"这到底是谁的脚印? 这么大! 而且,他想要去哪里呢?"
她心中好奇的火焰熊熊燃烧,
于是忍不住去踩这巨大的脚印。
一步、两步、三步……
华胥氏蹦蹦跳跳,不亦乐乎。
她越踩越起劲,后来竟恣意飞奔起来。
只见她"嗖"地腾空而起,又轻盈地落入下一个脚印。
远远望去,恍若一只美丽的梅花鹿在草甸花海中腾挪跌宕,
银铃般的笑声直达云霄。
不知道从什么时候开始,
一缕奇异的青色虹光温柔地包裹了她。

她索性躺在脚印里,枕着手臂打起盹儿。

哎呀,是谁这么坏,使劲儿地挠她的胳肢窝?

蔚蓝色的天空中,白云朵朵,仿佛有人在窃笑。

十

回家以后，华胥氏发现自己食量剧增，

身材变得丰腴，月事不来，还常常呕吐。

有经验的老妇人们说："太好了，我们的华胥氏怀孕了！"

华胥氏挺着大肚子，十分艰难。

她怀了整整十二年后，终于成功地生下了孩子。

这孩子就是伏羲①。 他天生异相：

眼睛和嘴巴跟母亲一模一样，

但是他的下半身却拖着一条长长的蛇尾巴。

人们恍然大悟：原来伏羲是雷神的儿子啊！

---

①伏羲：古代传说中的三皇之一。风姓。相传其始画八卦，又教民渔猎，取牺牲以供庖厨，因称庖牺。亦作伏戏、伏牺等。

伏羲天生异相：

眼睛和嘴巴跟母亲一模一样，

但是他的下半身却拖着一条长长的蛇尾巴。

【衍说】

伏羲、女娲、神农已为三皇,是华夏民族的追溯源头,此又出现"华胥"(华胥氏),愈加古老。远古人对生命、宇宙终极的追问,永远不会停止。和别的感生神话一样,华胥氏履大人迹而生伏羲,无非又是个关于女性生殖崇拜的神话。反映了母系氏族时期,"知母不知父"的社会人伦现实。

华胥氏履大人迹之处,今天还能找到"活态"神话和民俗遗迹。其所在地大约在今陕西省境内。在西安市东,有个蓝田县。县里有华胥镇,镇上有宋家村,村旁有"华胥河",村内有"华胥沟",沟上有"华胥窑"。据说,"华胥窑"正是当年华胥氏履大人之迹而孕生伏羲的地方。

《列子·黄帝》中讲述了黄帝梦游华胥之国的种种见闻。其云:"(黄帝)昼寝而梦,游于华胥氏之国。华胥氏之国,在弇州之西,台州之北,不知斯齐国几千万里;盖非舟车足力之所及,神游而已。其国无帅长,自然而已;其民无嗜欲,自然而已。不知乐生,不知恶死,故无夭殇;不知亲己,不知疏物,故无爱憎;不知背逆,不知向顺,故无利害;都无所爱惜,都无所畏忌。入水不溺,入火不热。斫挞无伤痛,指擿无痟痒。乘空如履实,寝虚若处床。云雾不硋其视,雷霆不乱其听,美恶不滑其心,山谷不踬其步,神行而已。"庄蝶庵认为这个寓言是中国式乌托邦思想的源头。它指向的,其实是人们对原始时代的回忆和想象。在此寓言之中,华胥国人民的幸福感滥觞于无政府主义的社会结构,更源自精神上的绝圣去智。

《列子·汤问》里还讲述了一个故事,说大禹曾到过一个叫"终北"的神奇国度。这里有一神泉流遍全国,"臭过兰椒,味过醪醴",可解人饥饿。有这样的生活环境,所以此国之人"人性婉而从物,不竞不争;柔心而弱骨,不骄不忌;长幼侪居,不君不臣;男女杂游,不媒不聘;缘水而居,不耕不稼;土气温适,不织不衣;百年而死,不夭不病"。

当然,最著名的中国式乌托邦思想,还要数陶渊明的《桃花源记》。尽管那桃花源中的世界看起来平淡无奇,与华胥氏之国、终北之国的幻想性有天壤之别,但其依然有着乌托邦的本质特征:弃绝政治。(参阅庄蝶庵注评,曹亚瑟主编《此中有真意——寓言小品赏读》)

"华胥"二字,意味深长。"华"即"花"。花,是世界上最美的事物,可以作为一切美好的象征。《周南·桃夭》:"桃之夭夭,灼灼其华。"花,是植物的性器,是结果的前提,正所谓"春华而秋实"。赵国华在《生殖崇拜文化论》中就讲到,在原始人和具有原始思维的人那里,"花"常用来表示性器,表示生殖和繁衍。"胥",有"全部""广大"之义。所以"华胥"二字,其实就是"花海"。这也是本故事中反复出现的意象。

伏羲与雷神

刘勤 高蓉 撰
王云娟 绘

【原典】

○（先秦）《周礼·地官·鼓人》"以雷鼓鼓神祀。"下郑玄注云："雷鼓，八面鼓也。神祀，祀天神也。"

○（战国）《山海经·海内东经》："雷泽中有雷神，龙身而人头，鼓其腹。"

○（战国）《山海经·海内经》："西南黑水之间，有都广之野……百谷自生，冬夏播琴。鸾鸟自歌，凤鸟自舞，灵寿实华，草木所聚……此草也，冬夏不死。"郭璞注："其城方三百里，盖天地之中。"

○（战国）《山海经·海内经》："有木，青叶紫茎，玄华黄实，名曰建木。百仞无枝，上有九欘，下有九枸，其实如麻，其叶如芒。大皞爰过，黄帝所为。"

○（西汉）刘安《淮南子·墬形训》："建木在都广，众帝所自上下，日中无景，呼而无声，盖天地之中也。若木在建木西，末有十日，其华照下地。"

○（东汉）王充《论衡·雷虚》："盛夏之时，雷电迅疾，击折树木，坏败室屋，时犯杀人。隆隆之声谓天之怒火……天神之处天，犹王者之居（地）也……图雷之状，累累如连鼓之形，又图一人，若力士之容，谓之雷公，使之左手引连鼓，右手推椎，若击之状。"

○（东汉）许慎《说文·鼓部》："鼓，郭也，春分之音，万物郭皮甲而出,可谓之鼓。"

○(唐)徐坚《初学记》引《抱朴子》:"雷,天地之鼓。"

○(宋)李昉等《太平御览》卷一三引《书·洪范》:"雷与天地为长子,以其首长万物与其出入也。雷出地百八十三日而复入,入则万物亦入。入地百八十三日复出,出则万物出,此其常经也。"

○(宋)李昉等《太平御览》卷七八引《诗纬含神雾》:"大迹出雷泽,华胥履之,生宓牺。"

附:

○袁珂《中国古代神话故事》:"从传说中伏羲'人面蛇身'或'龙身人首'这类的形貌看,也可以见到伏羲和雷神之间的血统渊源,伏羲其实就是雷神的儿子。"

【今绎】

一

"嗞……嗞……嗞……",
纵横交错的闪电伸出狰狞的魔爪,
撕开了天地昏暗的帷幕。
"轰隆隆……",
滚滚雷鸣带着毁灭一切的力量,
从天的尽头咆哮而来。
刹那间,烈火蔓延了整个大地。
飞禽走兽吓得四处逃窜,
人们被震得头痛欲裂,耳聋目眩。
巫师捂住耳朵,望着昏沉沉的天空,惊恐地说:
"这是雷神在发怒啊!"

"嗞……嗞……嗞……",
纵横交错的闪电伸出狰狞的魔爪,
撕开了天地昏暗的帷幕。
"轰隆隆……",
滚滚雷鸣带着毁灭一切的力量,
从天的尽头咆哮而来。

二

闪电和雷鸣持续了整整三年。
雷神是主宰万物的至高天神，
雷声不止，万物不敢萌发——
树木不敢生长，花儿不敢开放；
江河不敢流动，四季不敢更迭。
没有食物可吃，
动物们纷纷饿死，人们举目无望。
所有人都被雷声震得头晕眼花，
只有伏羲不怕雷声，
于是部族的巫师去找伏羲帮忙。

三

伏羲问巫师："我要怎么做，才能拯救族人呢？"
巫师叹息了一声："只能上天去祈求雷神平息怒火。
听说都广之野①有一棵建木树，就通往天界。"
"都广之野？ 在哪里呢？"伏羲从来没有听说过。

---

　　①都广之野：古代传说中的地名。袁珂《山海经校注》："杨慎《山海经补注》云：'黑水广都，今之成都也。'衡以地望，庶几近之。"

"传说在西南黑水之间。

可是,没有人到过那里,

也没有人能爬上建木树。"

"事在人为!"听了巫师的话,伏羲并不退却。

为了族人和大地上的生灵,

伏羲毅然踏上了未知的旅程。

他穿过盘旋巍峨的高山,

越过宽阔无涯的黑水①,

终于来到了天地的中心——都广之野!

四

一踏进都广之野,雷声就消失了。

这里仿佛是另一个天地,

各种植物自然生长,

五谷不用播种就可以收获,谷物粒粒饱满。

果树不用管理就会结果,果实颗颗丰硕。

这里,各种树木四季常青,

---

①黑水:神话中的水名。《山海经·海内经》:"北海之内,有山,名曰幽都之山,黑水出焉。"

漫山遍野的灵寿花①娇艳欲滴,永不凋谢。
鸾鸟②在树上歌唱,凤凰在林间舞蹈。
人们喝着从天而降的甘露,
把凤凰产下的蛋作为食物,
凡是心里的愿望,没有不能实现的。

五

在都广之野的中心,
有一棵高耸入云的大树,叫建木③。
虽然紫红色的树干上没有一根枝丫,
但是树根盘错交叉,绵延数百里,
像一条条虬龙弯曲而苍劲。
树下没有花草,也没有影子。

---

①灵寿花:即椐。可为手杖及马鞭。《山海经·海内经》:"灵寿实华。"郭璞注:"灵寿,木名也,似竹,有枝节。"

②鸾鸟:传说中的神鸟、瑞鸟。《山海经·西山经》:"(女床之山)有鸟焉,其状如翟而五采文,名曰鸾鸟,见则天下安宁。"

③建木:传说中的神木名。上古先民崇拜的一种圣树。传说建木是沟通天地人神的桥梁。伏羲、黄帝等众帝都是通过这一神圣的梯子上下往来于人间天庭。在广汉三星堆中出土的青铜神树上,有枝叶、花卉、果实、飞禽、走兽、悬龙、神铃等,专家认为,这种神树的原型,有可能就是建木。后来,"建木"在诗歌中用来泛指高大的树木。

这里仿佛是另一个天地,
各种植物自然生长,各种树木四季常青,
漫山遍野的灵寿花娇艳欲滴,永不凋谢。
鸾鸟在树上歌唱,凤凰在林间舞蹈。

站在下面一吼,声音马上就会消失在虚空之中,
四面八方没有一点儿回响。

六

伏羲站在树下,抬头望去,
笔直的树干插入云端,望不到顶。
伏羲很犯难:"没有枝丫的树,怎么才能爬上去啊?"
伏羲甩出长长的龙尾攀住树干,
可是,日中的建木树皮滚烫如烧红的烙铁,
他的尾巴一接触到树干,立刻被烫得缩了回来。
要不是他的尾巴上有坚硬的龙鳞,皮肉可能已经被烫焦了。
想到家乡那些生活在恐惧和饥饿中的人们,
想到自己一路上所经历的艰辛,他没有退缩的理由。
伏羲咬牙忍住疼痛,艰难地往上爬。

七

头顶的骄阳晒得他睁不开眼,
伏羲便闭上眼睛摸索着向上爬。

伏羲甩出长长的龙尾攀住树干,
可是,日中的建木树皮滚烫如烧红的烙铁,
伏羲咬牙忍住疼痛,艰难地往上爬。

汗水大颗大颗地流淌,
身体里的水分快速地蒸发,
伏羲口干舌燥,几近虚脱,
却仍然不放弃,盘旋着往上爬。
庆幸的是,当他饥渴难耐的时候,
突然从头上掉下许多黄色的果实,形状就像麻仁①一样。
伏羲用手接住了一颗,咬了一口,又甜又多汁。

八

建木树太高了!
伏羲爬了整整七天七夜,仍然看不到树的顶端。
建木树到底有多高,伏羲不知道,
还要爬多少个七天,他心里也没底。
但是,他心中有一个信念,
只有爬上树顶见到雷神,才能拯救族人。
他不眠不休地爬啊爬,
终于,在第四十九天,灼热消失,
像伞盖一样的树冠出现在云层中,
青绿色的树叶之间,黑色的建木花芳香四溢。

---

①麻仁:大麻种子的仁。可以榨油,又可供药用,是轻泻剂。

终于,在第四十九天,灼热消失,
像伞盖一样的树冠出现在云层中,
青绿色的树叶之间,黑色的建木花芳香四溢。

九

树冠深处,

一条七彩祥云铺就的天路延伸至云天相接的尽头。

伏羲沿着天路前行,阵阵雷声由远处传来,

隐隐约约,震撼心灵。

奇怪的是,雷声听在伏羲的耳朵里不但不恐怖,

反而透出阵阵悲伤,

重重地敲击着他的心灵,

让他不知不觉落下两行热泪。

循着雷声,伏羲来到了雷神殿,

找到了正在敲击雷鼓①的雷神。

雷鼓共有八面,分别对应八方。

雷神敲击哪面,鼓声便穿透云层向哪个方向扩散。

"住手!"伏羲厉声呵斥,想要阻止雷神。

他质问道:"你为什么要无休止地敲击雷鼓,让人间遭受大难?"

---

①雷鼓:八面鼓。古代祭祀天神时所用。《周礼·地官·鼓人》:"以雷鼓鼓神祀。"郑玄注:"雷鼓,八面鼓也。神祀,祀天神也。"

十

雷神没有理会伏羲，继续敲着：

"我在击鼓找我的儿子。

我的妻子华胥外出游玩，弄丢了我们的儿子。

我们找了很久都找不到他！

我只有敲击雷鼓，我的儿子才会循着雷声来找我。"

"你的儿子丢了，你很伤心。

但因为你的悲伤，却让人间的千万生灵遭受苦难，

身为主宰万物的天神，你不觉得这样做很自私吗？"

雷神一愣，停止了敲鼓，缓缓转过身：

"是啊，你说得对，是我太自私了！"

当雷神看到自己面前的年轻人时，惊呆了。

眼前的这个年轻人不就是自己的儿子吗？

同样的人首龙身，同样火红的头发。

雷神一愣,停止了敲鼓,缓缓转过身,
当雷神看到自己面前的年轻人时,惊呆了。
眼前的这个年轻人不就是自己的儿子吗?

【衍说】

雷神是一位世界性的神祇。许多民族都曾把他作为至上神而加以顶礼膜拜。如,在古希腊神话中,以雷电和霹雳作为武器的宙斯就被视为雷神。同样,在我国各民族的神灵崇拜谱系中,雷神均有较高地位。雷声响彻天际,震耳欲聋,令人震慑;雷电划破夜空,烧燃林木,损毁房屋,击毙人畜,威力无穷。这些都是"雷"给我们最直观的印象。所以雷神常是威严的、公正的、暴躁的形象,雷神的"至上神"地位源于人们对"雷"的敬畏之情。汉代以降,文献中关于雷神的记载渐多,但大多集中于雷神的降雨或惩戒性的具体职能,其"至上神"地位不复存在。

一般认为,雷神信仰起源于中国古代先民对于雷电的自然崇拜,因为远古时代气候变化异常,晴朗的天空会突然乌云密布,雷声隆隆,电光闪闪。雷电有时会击毁树木,伤害人畜,使人们认为上天有神在发怒,进而产生恐惧之感,对之加以膜拜。发展到后来,雷神的形象也从单纯的自然神逐渐转变成具有复杂社会职能的神。(参阅王俊编著《中国古代祭祀》)而且,在原始社会,雷神崇拜自然是和生殖崇拜紧密联系在一起的。乌丙安就指出:"雷崇拜首先因雷声的震动而起,把它看作是起动万物苏生,主宰万物生长的神。人们注意到雷是从春天经过夏天活动,到秋冬雷声息止。在雷活动的时间内,万物生长、繁茂,雷停止活动的时期万物萧瑟、枯萎。 人们把雷看为'动万物'之神,雷'出则万物亦出'。"(乌丙安《中国民间信仰》)因此,雷神自然被视为掌控万物之神、丰收之神。 正如《周易·说卦传》所说:"动万物者莫乎雷。"《说文解字》云:"雷,阴阳薄动,雷雨生物者也。"远古时期,人们已经认识到打雷和农作物生长之间的密切关联。 后来,在二十四节气的惊蛰这天,便有"春雷响,万物长"的说法,预示着万物复苏,入秋之后,雷声停止,万物凋零。 无怪乎,雷神的地位在农耕地区尤为崇高。

正因为雷神地位崇高,很多神或人为了拔高身份,便与他扯上了关系。 远古神话中不少人格神,或被视为雷神之子,或被直接视为雷神。 伏羲就被认为是雷神之子。《史记·五帝本纪》记载:"舜耕历山,渔雷泽。"又注引《山海经》云:"雷泽有雷神,龙首人颊,鼓其腹则雷。"《太平御览》卷七八引《诗纬含神雾》说:"大迹出雷泽,华胥履之,生宓牺。""宓牺"即"伏羲"。 袁珂在《中国古代神话故事》中说:"从传说中伏羲'人面蛇身'或'龙身人首'这类的形貌看,也可以见到伏羲和雷神之间的血统渊源,伏羲其实就是雷神的儿子。"此说甚是。 此外,黄帝也被认为是雷神之子,甚至还被视为雷神本身。《太平御览》卷五引《春秋合诚图》说:"轩辕(即黄帝),主雷雨之神。"

伏女婚配

刘勤 张敏 撰
王云娟 绘

【原典】

○敦煌写本 P.4016 号《天地开辟以来帝王纪》(残卷)："……伏羲、女娲……人民尽死，兄妹二人，衣(依)龙上天，得在(存)其命，见天下慌乱，惟金岗(刚)天神，教言可行阴阳，遂相羞耻，即入昆仑山藏身，伏羲在左巡行，女娲在右巡行，契许相逢，则为夫妇，天遣和合，亦尔相知，伏羲用树叶覆面，女娲用芦花遮面，共为夫妻，今人交礼，戴昌(冒)妆花，目此而起。怀娠日月充满，遂生一百二十子，各人(认)一姓，六十子恭慈孝顺，见今日天(大)汉是也，六十子不孝义，走入丛野之中，羌敌(氐)巴蜀是也，故曰得续人位(伦)……"

○(唐)司马贞《补史记·三皇本纪》："女娲氏亦风姓。蛇身人首。有神圣之德。代宓牺立。号曰女希氏。无革造，惟作笙簧。"

○(唐)李冗《独异志》卷下："昔宇宙初开之时，只有女娲兄妹二人在昆仑山，而天下未有人民。议以为夫妻，又自羞耻。兄即与其妹上昆仑山，咒曰：'天若遣我兄妹二人为夫妻而烟悉合，若不使烟散。'于烟即合，其妹即来就。"

附：

○鄂西北民间歌谣《黑暗传》(胡崇峻收集)："(一男一女)看见山中一根藤，结一葫芦重千斤。葫芦见了童男女，张口说话叫连声，快叫两人躲进去，洪水泡天天地倾，两人一听慌忙进。葫芦闭口紧又紧。一声霹雳来打下,葫芦离了天地藤。……五龙抱着葫芦行,捞起葫芦千斤重,劈开葫芦两半分,两股雾气化祥云……"

○马学良、今旦译注《金银歌:苗族史诗》:"……妹妹让他到山上去滚磨盘,如果两扇磨盘合在一起便作他的妻子。姜央便将一扇磨盘放在地边,把另一扇磨盘扛到山上去滚。两扇磨盘真的合拢在一起后,妹妹还是不嫁哥哥。两人重新商定:'一人骑一匹马,一个向西跑,一个向东追;如果两个人能碰上面,两匹马能对上头,便可成婚。'事成后妹妹还是不嫁哥哥。姜央又设夹板在碓旁,妹妹去舂米时被套住了脚,姜央救出妹妹,妹妹这才答应与哥哥成婚。兄妹俩婚后生下个肉坨坨。姜央一气之下,将其剁成肉片后撒遍九座山。肉片马上变成千万百姓。"

○曹景正编著《唢呐梦·女娲的传说》:"妹打主意难哥哥,各一爬上一高坡。对山烧火火烟绞,两烟相绞把亲合。……隔河梳头隔河拜,头发绞合亲也合。……对门石岭对过坡,各把磨石滚下坡。两扇磨石叠合起,磨石相合人也合。……围着大树绕圈捉。若是哥哥追着我,妹拉哥哥把亲合。"

【今绎】

一

有座石头山的裂缝中，
不知什么时候，长出了一根葫芦藤。
那葫芦藤长得极快，
不多久就爬满了整个石头山。
开花的时候，也是开满了山，
可是花谢后，
却只结出了一个葫芦。
不过，这个葫芦可真是大极了！
足足有一千斤重呢！

二

这葫芦长到第七天，
突然间天地变色，飞沙走石，
紧接着，滔天洪水从天而降。

伏女婚配

有座石头山的裂缝中,
不知什么时候,长出了一根葫芦藤。
结出了一个一千斤重的大葫芦。

鸟兽人群仓皇奔逃,哭天抢地,
瞬间被洪水席卷而去。
即便是最会水性的人和动物,
也敌不过那股股巨浪,
很快就被淹死了。
甚至连天上的飞鸟,
也会被滔天巨浪猛然拍打下来,
难逃此劫。

三

洪水已经到了石头山的半山腰。
这时,从山的东面气喘吁吁地爬上来一个少年,浑身是伤,
过了一会儿,又从西面爬上来一个少女,衣衫褴褛。
两人好不容易爬上山顶求生,看到对方,都很吃惊。
没想到,除了自己,还有幸存的人!
水越涨越高,已经到脚下,
眼看就要把整个石头山给淹没了!
两人惊慌失措,心想:完了,完了!
绝望地闭上了双眼。

四

这时,漂在水面的葫芦突然开口说话了:

"伏羲氏,女希氏①,快快躲进我怀里来。"

原来那个少年叫伏羲氏,少女叫女希氏。

"是谁在说话? 怎么知道我的名字? 是你吗?"

女希氏惊异地扭头问伏羲氏,伏羲氏摇了摇头。

他们四处张望,但除了他俩,实在是没有别的人了。

"好像是这只大葫芦在说话哩!"伏羲氏说。

"我是仙葫芦。快从我的嘴巴进来,快!"

那葫芦又说话了。

伏羲氏和女希氏来不及问究竟,慌忙躲进葫芦里。

五

他们刚一躲进去,

天上就劈下一道闪电,分离了葫芦与藤蔓。

葫芦在无尽的波涛中起伏、漂荡。

---

① 女希氏:唐司马贞《补史记·三皇本纪》:"女娲氏亦风姓,蛇身人首,有神圣之德,代宓牺立,号曰女希氏。"将女娲氏(女希氏)置于伏羲氏之后,显然是父权社会中神话历史化的结果。

巨浪撕扯着它,凶狠地要将它拍碎。
这时,五条彩色的龙从水中浮现,
妥妥地守护着仙葫芦。
葫芦里的少女睡着了,少年守护在身边。
就这样漂了七天七夜。
当水势消退,石头山露出水面时,
仙葫芦稳稳地落在了山顶上。

六

二人从葫芦里走出来。
女希氏揉揉惺忪的睡眼,
看到无尽洪水与浩瀚天空连成白茫茫一片,
此外什么也没有!
无限悲凉从心底涌出,
——世上只剩下他们两个"人"了。
女希氏忍不住痛哭起来。
"别担心,等我把里面的东西倒出来,世界就热闹了!"
仙葫芦边说边变得和平常葫芦般大小。
女希氏赶紧跑过去拿起葫芦就倒,
看起来小小的葫芦里,

五条彩色的龙从水中浮现,
妥妥地守护着仙葫芦。

居然倒出了一对鸡,一对猪,一对狗,一对牛……
全都是一公一母,配好了对。

七

伏羲氏看着女希氏突然说:
"就像这些动物一样,这世界上的人也只剩你我了!
上天冲刷了这个世界,却又让你我活了下来。
世界不会就此结束的。
今后,你我二人一定也可以使炊烟重升于世间。"
他悲凉但坚毅的目光望向远方。
"我们……我们结为夫妻吧,就像我们的父母那样。"
他紧握住女希氏的手,说出了心里话。

八

"什么!"女希氏仍啜泣着,
一股羞愤从心底立刻迸发出来。
"我父亲说,他喜欢母亲,才求娶母亲。
你呢? 你又是为什么?"

小小的葫芦里,
居然倒出了一对鸡,一对猪,一对狗,一对牛……
全都是一公一母,配好了对。

伏羲一怔,愈发涨红了脸。 嗫嚅道:

"可这世上只有你和我了……"

他的声音微小得连自己都听不见,但他的眼神却毫不退让。

女希氏瞧了他一眼说:"那好,我出三道题,

若是完成了,那我便嫁给你。"

九

女希氏抬起头,这时天空湛蓝,

云儿像薄薄的绢纱一样铺满了天空,

于是她说:"若要我嫁给你,

除非这漫天的白云聚合到一起。"

天哪,这怎么可能?

女希氏提出的要求,简直太离谱了!

"这呆子肯定会放弃的!"

她心里得意地想着。

十

"这怎么可能啊……不过,我还是要试一试。"

伏羲氏虽有些绝望,但是仍没有退缩的意思。

他跪在山顶上,仰头凝望着天空,

然后闭着眼,心中默默地虔诚祈祷:

"苍天啊,请将这散云聚拢到一起吧!"

他心中焦急、忐忑,同时抱有一丝希望。

就这样等了很久,

太阳渐渐西沉,霞光渐颓。

伏羲氏的脸色也愈加发白。

就在最后一缕阳光消散之际,

漫天的云居然真的开始聚拢,最后竟扭成一股,

——聚合了。

十一

"怎么可能? 不,不,这只是凑巧罢了!

不过,这家伙还真有毅力哩! 我还得考考他。"

她这样琢磨着,仍不肯善罢甘休。

"若要我嫁给你,

除非从山南山北两面滚下的石磨能合到一起!"

伏羲氏遵守约定推着一片石磨,从山的南面滚下。

女希氏力气小,还没有把石磨推到北面,就累得气喘吁吁。

"若要我嫁给你,除非这漫天的白云聚合到一起。"

就在最后一缕阳光消散之际,

漫天的云居然真的开始聚拢,

最后竟扭成一股,

——聚合了。

十二

"这石磨也太沉了,就在这里休息一会儿吧!"
女希氏倚在一棵树边休息,不一会儿就打起盹儿来。
这时,只听见"轰隆隆"的声音响彻山谷,
女希氏吓了一大跳,
只见那片石磨急匆匆地自动往山下滚去,
女希氏因惊愕而张开的嘴还没有合拢的时候,
一声巨响——
"啪嗒"!
漫天烟尘中,两块磨盘仿佛听到了对方的召唤似的,
直直地向对方奔去,完美地扣合在了一起。

十三

"难道这是上天的旨意吗?
定要我二人结为夫妻?"
最后她指着山顶说:
"那棵树,看见了吗? 你我绕着那棵树跑,
假如你追上了我,我便嫁与你,绝无二话!"
伏羲抬眼望去,那棵树盘根错节,枝繁叶茂,

盘曲虬结直指天空，荫蔽千里。

还未及说什么，女希氏已径直飞奔而去。转眼便不见了身影。

伏羲氏急忙追赶上去。

跑了两圈，

这树下哪儿还看得见女孩的身影呢！

这该怎么办呢？ 伏羲不禁沮丧起来。

正当他怅然若失的时候，

微风吹过，树叶沙沙作响。

只见女希氏手持芦花做的团扇，遮着半边脸，

娇羞地站在他的面前。

那绯红的脸颊，如同将要回家的晚霞。

只见女希氏手持芦花做的团扇,遮着半边脸,
娇羞地站在他的面前。
那绯红的脸颊,如同将要回家的晚霞。

【衍说】

　　本故事是整合了多个版本的伏羲女娲（也有其他各种异名）兄妹婚创造新人类的故事而写成的。故事的主题精神和情节细节也基本上都是有原典依据的。

　　女娲，又称为女娲氏、女希氏等。宋代《太平御览》卷七八引晋皇甫谧《帝王世纪》说："女娲氏亦风姓，承庖牺制度，亦蛇身人首，一号女希，是为女皇。"将女娲置于庖牺（伏羲）之后，显然是父权的改造。本文称"女希氏"而非"女娲氏"，是有意想从"语感"上做些区分，以符合一般的理解（其实女希氏，就是女娲氏。只是此"女娲"非彼"女娲"）。一方面是为了不与孤雌阶段"抟黄土作人"的大母神女娲相冲突；另一方面是想与"伏羲兄妹婚"的"固有印象"相区别，以符合今天的人伦意识。当然，事实上，伏羲与女娲究竟是何种关系？人类究竟从何而来？从学术和人文的角度来说，这些都还是无法解决的疑问。

　　学术界一般认为，应是先有女娲抟黄土作人。它反映了母系氏族时期"知母不知父"情况下的女性生殖崇拜。故东汉应劭《风俗通义》说："俗说天地开辟，未有人民，女娲抟黄土作人。剧务，力不暇供，乃引绳于泥中，举以为人。故富贵者，黄土人；贫贱者，引絙人也。"随着父系社会的演进，父权的确立，以及人们对生育"秘密"的更加科学性认知,"孤雌"造人的神话自然会逐渐破除。因此,女性的女娲逐渐变成男性的伏羲的佐神、妹妹、配偶。

在西汉及以前,女娲和伏羲作为人类始祖是各司其职的。二者关系的密切,大概是从东汉开始的。东汉高诱在《淮南子·览冥训》"女娲,阴帝,佐伏羲治者也"下注云"始以女娲作为伏羲之妻"。今天的学者也多从其说,据此认为其代表着伏羲女娲配偶关系的确立。东汉出土的壁画上也有伏羲女娲交尾图(如马王堆出土的帛画)。关于二人为兄妹关系的文献有宋代《路史·后记》引东汉应劭《风俗通义》云:"女娲,伏希(羲)之妹。"不过,唐以前关于二人关系的记载中,似乎"夫妻"和"兄妹"两种关系不会同时出现,即认为他们是夫妇的,没有说他们是兄妹;认为他们是兄妹的,也没有说他们是夫妻。所以伏羲和女娲二人究竟是兄妹,还是夫妇,仍是一个悬而未决的话题(闻一多《伏羲考》)。

唐代李冗的《独异志》(原书十卷已经散佚。传世的明抄本与《稗海》本均为三卷)最早记载了伏羲女娲兄妹成婚的故事(见原典)。唐代诗人卢仝《与马异结交诗》中也写道:"女娲本是伏羲妇。"由此可知,在唐代,伏羲女娲兄妹成婚的故事已被大家广泛接受。

在谈到伏羲女娲兄妹婚配的历史文化根源时,袁珂认为:"女娲兄妹结婚的神话,原是一个洪水遗民再造人类的神话。它流传在我国西南苗、瑶等少数民族中。"(袁珂《神话选译百题》)可见,袁珂认为伏羲女娲兄妹婚神话是洪水神话的一部分。至于,其后来仍流传于少数民族的原因,可能正如刘城淮所说:"尊奉女娲(蛇)为图腾的民族是生活于我国南方的,不妨名之曰女娲族。南方许多民族都曾崇拜蛇为图腾,故《说文》一言:'蛮,南蛮,蛇种;闽,东南越,蛇神。'女娲族只是其中之一。"(刘城淮《中国上古神话》)而唐代作为一个文化开放并得以流通、杂糅的朝代,各民族之间的神话传说随之相互影响,大概就形成了如今看到的不同版本。闻一多先生在《伏羲考》中列出了25种民族起源故事,其中心母题都是"在洪水来时,只兄妹(或姊弟)二人得救,后结为夫妇,为人类始祖"。由此可见"伏羲女娲兄妹婚"母题影响之深广。

关于洪水的起因,也有多种说法,流传较广的有三种:一说是"动物造成",如苦聪人的《创世歌》(白蚂蚁);一说是因"人心不好",如彝族《查姆》;一说是因"触犯天神",此类最多,如黎族《褪祷跑》、纳西族《创世纪》、苗族《古歌》、瑶族《盘王歌》、壮族《布伯》、布依族《赛胡细妹造人间》等。正因原因众多,所以本文在改编时,并未交代到底是何原因导致此场大洪水,亦可给人留下一定的想象空间。此外,苗族姜央兄妹成婚、彝族阿卜独姆兄妹在涅浓撒萨的劝导下结为夫妻、布依族迪进兄妹结婚、白族阿布帖兄妹成婚,诸多版本在结构上基本一致。可能是由于传播的讹误或语言译介的原因,男女主人公的名字多有不同。最后,关于妹妹出给哥哥的难题(这是最为关键的情节),各个版本的记载也都大同小异。笔者在撰写时根据文意有所取舍。一取"散云聚合",是为天象之意;二取"磨盘吻合",是为物灵之意;三取"追逐成婚",是为人情之意。天意与人力结合,偶然性与必然性相统一。在三次难题的解决过程中,双方对彼此都有了更为深切的认识,好感不断加深,成婚便是水到渠成的事了。

伏羲创八卦

刘勤 王春宇 撰
郑攀 绘

【原典】

○（先秦）《周易·乾》："《象》曰：天行健，君子以自强不息。"

○（先秦）《周易·坤》："《象》曰：至哉'坤元'！万物资生，乃顺承天，坤厚载物，德合无疆。"

○（先秦）《周易·系辞上》："天地尊卑，乾坤定矣。卑高以陈，贵贱位矣。动静有常，刚柔断矣。方以类聚，物以群分，吉凶生矣。在天成象，在地成形，变化见矣。"

○（先秦）《周易·系辞下》："古者包牺氏之王天下也，仰则观象于天，俯则观法于地，观鸟兽之文与地之宜。近取诸身，远取诸物，于是始作八卦，以通神明之德，以类万物之情。作结绳而为网罟，以佃以渔，盖取诸《离》。"

○（唐）司马贞《补史记·三皇本纪》："太昊庖牺氏，风姓，代燧人氏继天而王。母曰华胥，履大人迹于雷泽，而生庖牺于成纪，蛇身人首。有圣德，仰则观象于天，俯则观法于地，旁观鸟兽之文，与地之宜。近取诸身，远取诸物，始画八卦，以通神明之德，以类万物之情。"

○（清）王铎《龙马记》："阅石碣所记载，知为宓羲画八卦肇端龙马所负之图，龙马所出之河，今孟津西北，河中旋涡倒流者，即其处也。其地由底柱东下，众山钳制石骨，水无所发其愤恨，燥急洑濊，颓溃盘曲，放于平原，宿莽得以畅其所，性如怒如悦,斯河之举赢用奢而不受绁抑之端也。按图,马微类驲,蹼水有火光,身龙鳞,首、口、鼻类龙,喘成云,无角,毛文八卦,乾、坎、艮、震、巽、离、坤、兑,冒乎天地鬼神之道,为千古文章鼻祖。嘻,良亦奇矣。"

○(清)陈梦雷《古今图书集成·职方典》:"上古伏羲时,龙马负图出于河,其图之数,一六居下,二七居上,三八居左,四九居右,五十居中。伏羲则之,以画八卦。"

附:

○"伏羲八卦次序图与先天八卦方位图""文王八卦次序图与后天八卦方位图"参阅张文智:《〈周易〉神道思想与儒学宗教性的内在关联》,《南京大学学报》(哲学·人文科学·社会科学),2019年第1期。

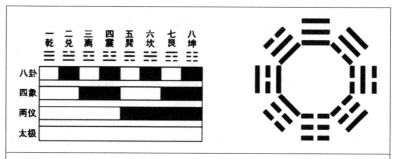

伏羲八卦次序图与先天八卦方位图

宋代朱熹在《周易本义》中作《八卦取象歌》:"乾三连,坤三断,震仰盂,艮覆碗,离中虚,坎中满,兑上缺,巽下断。"帮助人们记忆卦形。

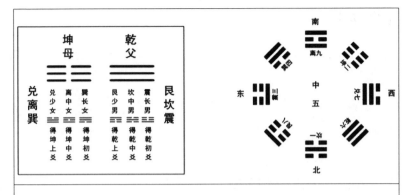

文王八卦次序图与后天八卦方位图

【今绎】

一

人类虽然懂得了生存之道，
逐渐解决了衣食用住行，
但是这个世界对他们来说，
依然危险重重，神秘莫测。
面对一次又一次的困难、灾难，
他们心中怀有无数的问号，
却总是找不到答案。
伏羲虽然很有智慧，
却也参不透其中的玄机。

二

在一个春天的早晨，

伏羲爬上香椿树①采摘椿芽。

嗅着椿芽浓浓的香气,

伏羲将一片椿芽丢进嘴里,

咀嚼着,那香气充斥在口腔里,淡淡的苦涩,回味甘甜。

这时,一缕阳光穿过还不甚茂密的树叶落在伏羲的脸上,

伏羲抬起头,看着天空中初升的太阳,

红红的,散发着温柔的光。

伏羲端详着天空,感叹:

"天空真是又高又远啊,望也望不到尽头。

冬天的阳光淡淡的,感觉不到热,

可到了春天就变得明媚起来了,

照得人身上暖洋洋的。 真舒服!"

三

椿芽采摘得差不多了,

伏羲就三两下从椿树上爬了下来。

他猛然间看到脚下的土地,

---

①香椿树:落叶乔木。羽状复叶,花白色,果实为蒴果,椭圆形,茶褐色。嫩枝叶有香味,可以吃。也叫椿。清代潘荣陛在《帝京岁时纪胜》中记载了椿芽的吃法:"香椿芽拌面筋,嫩柳叶拌豆腐,乃寒食之佳品。"

伏羲抬起头,看着天空中初升的太阳,
红红的,散发着温柔的光。
伏羲端详着天空,感叹:"天空真是又高又远啊。"

不知何时，小草已经细细密密地探出了头，
阳光洒在上面，映得那份新绿娇俏可爱。
"大地感受到了天空的变化，便顺承着阳光的指引，
从沉睡的冬季里苏醒，悄悄孕育出生命来。
正是天和地的配合，才有这五光十色的世界啊！"
伏羲喃喃自语道。

四

季节变化，
大地上生活的动植物们也因时而变。
春天，东风送暖，
冰河解冻，草木萌发，天地间一片欣欣向荣；
秋天，西风萧瑟，
河床裸露，草木凋零，天地间一片肃杀之气。
不，不，也不这么绝对。 秋天也是丰收的季节。
为什么四季从不食言，周而复始地轮换？
为什么春夏秋冬和而不同，有条不紊？
这变与不变之中，到底蕴藏着怎样的秘密？
伏羲低头沉思。

为什么四季从不食言,周而复始地轮换?
为什么春夏秋冬和而不同,有条不紊?
这变与不变之中,到底蕴藏着怎样的秘密?
伏羲低头沉思。

五

伏羲抬起头。

一日之中,太阳东升西落;

一年之中,四季交相更迭;

年年岁岁,世间万物看似相同却又不同,

岁岁年年,人类代代相异却又不离其宗。

什么在变? 什么不变? 什么在周而复始?

一棵树上没有相同的两片叶子,

一切生命体在本质上又混沌如一。

伏羲若有所悟。

六

一天,伏羲在河边打鱼。

他一边张网,一边琢磨着心中的问题。

这时,远处河中心突然冒起一股水柱,

一只闪着金光的龙马①,从河中一跃而起,

---

① 龙马:传说中一种兼具龙和马形态的生物。据《五杂俎》载:龙性最淫,故与豕交,则生象;与马交,则生龙马。《龙马记》曰:"龙马者,天地之精,其为形也,马身而龙鳞,故谓之龙马。高八尺五寸,类骆有翼,蹈水不没,圣人在位,负图出于孟河之中焉。"

一天，伏羲在河边打鱼。

他一边张网，一边琢磨着心中的问题。

振翅飞到伏羲的面前。
伏羲吓了一跳,惊得目瞪口呆。
龙马长着马的身体,高大强壮,
全身披满了金光闪闪的龙鳞。
"天选伏羲受命河图①,我且奉上。"
说罢,龙马收起翅膀,跪了下来。
它宽厚结实的背上,稳稳地驮着一块玉板。

七

那玉板上布满了圆圈和圆点,
有黑色的,也有白色的。
乍一看,伏羲毫无头绪,
但是仔细端详了一会儿,
他似乎看出了一点儿门道:
河图回环,黑白相间;数有变化,奇偶有别;
位列四方,中央无缺;意表四方,抑或时节?
伏羲还没来得及想明白,

---

①河图:儒家关于《周易》卦形来源的传说。《尚书·顾命》:"大玉、夷玉、天球、河图,在东序。"孔传:"伏牺王天下,龙马出河,遂则其文以画八卦,谓之'河图'。"

龙马长着马的身体,高大强壮,
全身披满了金光闪闪的龙鳞。
那玉板上布满了圆圈和圆点,
有黑色的,也有白色的。

那龙马便跺了跺马蹄,起身振翅飞走了。

河图深深地印在了伏羲的脑子里。

他一边思索着,一边去收渔网,

网中正好有一条长着黑眼睛的白鱼,

以及一条长着白眼睛的黑鱼。

"白鱼,黑鱼,白,黑……"①

伏羲喃喃着,带上捕到的鱼回去了。

八

一个傍晚,伏羲坐在孟河②边,

静静地望着河水,想着河图。

天地初始,混沌如鸡子,③

那河图之中也是茫然一片;

盘古开辟,分出阴和阳,

阴阳又演化出了地水火风④,山川湖泽,

---

① 此处由"阴阳鱼"而来。明章潢《图书编》:"总图即太极也,黑白即阴阳两仪。"

② 孟河:黄河的孟津段。今孟津县会盟镇有一行政村名曰"孟河"。

③ 出自《艺文类聚》引《三五历纪》:"天地混沌如鸡子,盘古生其中。万八千岁,天地开辟,阳清为天,阴浊为地。"

④ 地水火风:即是"四大",佛教认为地、水、火、风是组成物质的四大元素。

那河图是不是就在展演这些奥秘呢?

你看那圆圈和圆点、黑和白的排列——

上下、左右、内外,天数、地数,相对、相补……

夕阳的余晖将伏羲长长的头发染成了紫红色。

他远眺天边,灿烂的晚霞正熊熊燃烧着,

晚风徐来,瑰丽的色彩在天空流动着。

渐渐地,天空陷入了一片黑暗,

大地也变得安静起来。

鸟儿收起婉转的歌喉,在巢中相互依偎;

人们也闭上眼睛,进入了梦乡。

刚才还热热闹闹的世界,现在静悄悄的。

伏羲望着若隐若现的星星,

兀立天地之间,体味着阴阳的变换,

心中不禁产生极大的震动,思绪万千。

九

突然间,伏羲眼中闪过一道光:

一黑一白之间,就是宇宙的终极。

天高远无际,地辽阔无垠;

天缥缈刚健,地安实顺柔;

天明净轻清,地玄浊厚重……
天,如"白",如"阳";
地,如"黑",如"阴"。
天地、动静、明暗、男女、马牛、鸟鱼、刚柔……
无不如是。
万事万物都是相对的,相反相成,相成相反,
万事万物又是互补的,你中有我,我中有你。

十

人的一生,盛极而衰:
人从婴幼儿至青年阶段,
生命力顽强,精力旺盛;
到了中老年阶段,体能开始有所不济,
但是却迎来知识积累和财富积聚的巅峰;
老人最终走向死亡,走向沉寂,
但是新生儿的啼哭又会打破这份沉寂。
这不正如同春夏秋冬间,
植物生长枯荣的轮回一样吗?
不,不,这些都还不是全部……

十一

伏羲打算用些符号来表示他的思考。

他摘下一根蓍草①表示"阳",中间折断则表示"阴"。

因为"天"是最为刚健有力的,是纯阳之所在,

所以他将三条完整的蓍草所代表的符号定为"乾";

又觉得"地"是至柔至顺的,是纯阴之所在,

所以将三条折断的蓍草所代表的符号定为"坤"。

而后又依据河图的启发,将剩下的六个符号定为:

"坎""离""艮""震""巽""兑",

分别代表着水、火、山、雷、风、泽。

推而广之,这八个符号囊括了世间万物,

这就是我们今天所说的"八卦"②。

---

①蓍草:中药名。为菊科植物蓍的干燥地上部分。苦、酸、平。有解毒利湿,活血止痛之功效。上古时期,盛行占卜,用蓍草占卜称为"筮"。《新修本草》:"此草所在有之,以其茎可为筮。"

②八卦:《周易》中的八种具有象征意义的基本图形,每个图形用三个分别代表阳的"-"(阳爻)和代表阴的"--"(阴爻)组成。名称是:乾、坤、震、巽、坎、离、艮、兑。相传是伏羲所作。传说周文王将八卦互相组合,又得六十四卦,用来象征自然现象和社会现象的发展变化。八卦本是反映古代人们对现实世界的认识,具有朴素的辩证法因素,自被用为卜筮的符号,逐渐带上神秘的色彩。

伏羲摘下一根蓍草表示"阳",中间折断则表示"阴"。

而后又依据河图的启发,将剩下的六个符号定为:

"坎""离""艮""震""巽""兑"。

推而广之,这八个符号囊括了世间万物,

这就是我们今天所说的"八卦"。

【衍说】

提到八卦，可能很多人的脑海中浮现的是娱乐版面上的花边新闻，或是路边摆摊测字的算卦先生。我们这里说到的八卦，不是明星绯闻，也不是封建迷信，而是中国古人对世界终极的探索过程中流露出的朴素哲学思想。

《易·系辞下》中记载伏羲"于是始作八卦，以通神明之德，以类万物之情"，于是古人对八卦的作者大多信而不疑。《易·系辞上》："河出图，洛出书，圣人则之。"我们不难理解，如此玄妙的八卦不可能是一位圣人于一时一地的创造，它必然是群体性的阶段性发明。这由"河图"与"洛书"的分别出现就可见一斑。我们知道龙是古代人民想象中的神兽，那披着龙鳞，长有双翅的龙马则更是子虚乌有的了。所以，龙马负河图而出是不可能的，这应是先民对"天数五十有五"认识的神话表达，"洛书"亦是如此。原始先民们对"阴""阳"最初的认识，应该是基于自然现象而来的一些生活经验，比如向阳一面的山坡气候更为温暖干燥，植物生长更为茂盛之类，并未掺杂过多神秘的成分。据梁启超在《阴阳五行说之来历》中的考证，"商周以前所谓阴阳者，不过自然界中一种粗浅微末之现象，绝不含有何等深邃之意义"。

易学的发展源远流长。《汉书》载："盖西伯拘而演《周易》。"指周文王在伏羲先天八卦的基础上演化出后天文王八卦。"《易》更三圣"是秦汉以后文人的共识,《汉书》中就曾指出伏羲氏作八卦,周文王推演六十四卦,并作爻辞和卦辞,孔子立传以解经。《周易》经传的创作经历了从远古时代到春秋时期的漫长过程,是古代先哲们利用自己朴素的思维方式,通过对周围自然现象与社会现象的长期观察,高度总结概括形成的。 而后的时代里,《周易》从来没有被人遗忘,而是不断发展壮大,成为贯穿中国文化史的"易学",推天道以明人事。 清代乾隆年间,清政府纂修的《四库全书》,卷帙浩繁,是囊括中国数千年文化成果的宝库。《四库全书》中有"易类",收录了一百五十八部易学著作,存目三百一十七部。《四库全书总目》将深奥的易学划分为两派(象数派和义理派)六宗(占卜宗、禨祥宗、造化宗、老庄宗、儒理宗、史事宗),大体上揭示了数千年来中国易学的发展轨迹。 而易学发展到今天,内容不断丰富,现代学者对易学的分类也有了不同的见解。 国学大师南怀瑾就曾在《周易今注今译》序言中,修正了"两派六宗说",提出了"两派十宗"的说法,两宗即以象数为主的道家易学与义理为主的儒家易学,十宗为除了上述六宗之外的医药、丹道、堪舆和星相。

闻一多在《书信·给梁实秋先生》中说:"河图则取义于河马负图,伏羲得之演为八卦,作为文字,更进而为绘画等等，所以代表中华文化之所由始也。"哲学大师荣格说过："世界人类的唯一智慧宝典，首推中国的《易经》。"《易经》是中华文化之始，蕴含着无限的智慧，对全人类的发展都非常有价值。 在提倡文化自信的当下，我们更应该重拾《易经》，去体会中国远古先贤的奇妙哲思。

伏羲作木兵

刘勤 田宓 撰
甘钰萍 绘

【原典】

○（先秦）《周易·系辞下》："（伏羲）作结绳而为罔罟，以佃以渔。"

○（战国）商子《商君书·画策篇》："昔者，昊英之世，以伐木杀兽。"

○（战国）韩非子《韩非子·五蠹》："上古之世，人民少而禽兽众，人民不胜禽兽虫蛇。"

○（战国）《竹书纪年·太昊伏羲氏》："以木德王，为风姓，元年即位，都宛丘。龙马负图出河，始作八卦。以龙纪官，立九相六佐治九州。造书契，作甲历，造琴瑟，作立基之乐。制嫁娶，以俪皮为礼，造干戈。"

○（东晋）王嘉《拾遗记》：伏羲"去巢穴之居，变茹腥之食，立礼教以导文，造干戈以饰武。丝桑为瑟，均土为埙。礼乐于是兴矣。调和八风，以画八卦，分六位以正六宗。"

○（唐）李筌《太白阴经》："木兵始于伏羲，至神农之世，削石为兵。"

○（宋）李昉《太平御览》引《尸子》："宓牺氏之世，天下多兽，故教民以猎也。"

○（清）吴乘权《纲鉴易知录》："太昊之母居于华胥之渚。生帝于成纪，风姓，作都于陈，教民佃渔畜牧、画八卦、造书契……有圣德，象日月之明，故曰太昊。"

【今绎】

一

人类史前石器时代的兵器,
主要有矛、殳、戈、戟、弓等。
矛,长柄有刃,用以刺;
殳,长柄有棱无刃,用以击;
戈,长柄刃横出,可钩可击;
戟,戈与矛合体,兼刺与钩。
以上四种,均是柄为长木,端为石玉。
这类武器的来源,据说与伏羲有关。

二

最早的人类,非常强大,
根本不需要武器,便能手格猛兽。
他们本身便兼具各种动物的技能:
鹰的眼睛,豹的速度,

最早的人类,非常强大,
根本不需要武器,便能手格猛兽。

狼的耳朵，熊的力量……
当男女合璧，背与背相接，
便形成二首四臂四足之神①，
超越一切天神、地神、人神。

三

这是当初女娲抟黄土造人时，
第一天所造出的人及其后代。
因女娲用材最精，用心最细，
所以最肖女娲，也尤为尊贵。
体形巨大，美貌非凡。
力大无穷，智慧无双。
老而蜕皮，永生不死。
他们世代自相繁衍，
即形成传说中之巨人族。

---

①二首四臂四足之神：《搜神记》卷十四记载："昔高阳氏，有同产而为夫妇，帝放之于崆峒之野，相抱而死。神鸟以不死草覆之，七年，男女同体而生，二头，四手足，是为蒙双氏。"又见柏拉图《会饮篇》中能与宙斯相抗衡的二首四臂四足之神。

四

或许，也正因为如此，
作为女娲长子的巨人族，
他们追问、寻找和需要的就更多。
太阳为什么会东升西落，能永远不落吗①？
天帝为什么总是那一个，为何不轮流坐？
人类为什么要祭祀天神，而不是反过来？
他们经常缘着天梯②上天与众神讨论，
天神常常被问得哑口无言、大汗淋漓。

五

这让天帝恐慌并震怒，
他和天神们联合起来，
将巨人族的人变成了蠢笨的动物。
因忌惮女娲所造之人再问鼎天庭，
遂降下毁灭性的大洪水以绝后患。

---

　　①来源于《夸父逐日》这一神话故事。这也是夸父要去逐日的原因,他想让太阳永升不落。

　　②天梯:登天的梯子。中国神话中可做天梯、天柱者甚多,以山、树为多。王逸《九思》:"缘天梯兮北上,登太一兮玉台。"

作为女娲长子的巨人族,
他们追问、寻找和需要的就更多。
他们经常缘着天梯上天与众神讨论,
天神常常被问得哑口无言、大汗淋漓。

女娲所造的第一代人因此覆灭。

六

沧海桑田，日新月异，星河轮换，中间
不知道又过了多少个世界，多少次劫数，
人类的种子又迎来了新生。
我们这里要说到的是，
女希氏和伏羲氏婚合所生之人，
是又一代全新的人类。 他们
不仅没有超群的智慧、刚强的意志，
也没有柔韧的筋骨、健硕的体魄，
手无爪牙之利，腿无飞奔之力，
眼无秋毫之明，耳无八方之聪，
被天神剥夺了神力的人，
是纯粹的血肉之躯。

七

邪恶凶猛的六翅白虎，撕裂着外出觅食的男人；

伏羲作木兵

因忌惮女娲所造之人再问鼎天庭,
天帝便降下毁灭性的大洪水以绝后患。
女娲所造的第一代人因此覆灭。

凶神恶煞的四目鸷鸟,攫走了正在哺育的女人;
阴险狡猾的九头火龙,灼烧着草垛、房屋、庄稼。
怪蛇、人熊、封豨①、玄豹、豺狼都从森林里窜出来……
风声、雨声、雷电声响作一片,
哭声、喊声、嘶吼声混作一气。
通衢阡陌,满是残缺不全的尸体,
部落内外,尽是支离破碎的家庭,
目光所及,烟尘滚滚,废墟片片。
被天神剥夺了神力的人,如同蝼蚁。

八

几只鸷鸟同时像箭一样扑向一个两三岁的小孩,
这孩子正因为失去母亲而哇哇啼哭,
伏羲情急之下伸出蛇尾将孩子卷了过来。
鸷鸟停止争斗,一起向伏羲发起攻击,
九头火龙扭头也朝伏羲猛喷烈焰,
伏羲一闪,躲了过去,跳到一个山头。
大部分鸟兽见伏羲来了,纷纷逃窜。

---

①封豨(xī):实际上就是大野猪。据说封豕(封豨)性贪婪,居于水泽之中。《史记·天官书》:"奎为封豕,为沟渎。"

几只鸷鸟同时像箭一样扑向一个两三岁的小孩,
这孩子正因为失去母亲而哇哇啼哭,
伏羲情急之下伸出蛇尾将孩子卷了过来。

白虎、鹫鸟、火龙见不能取胜,也飞走了。

九

伏羲坐在山头,小孩仍在抽泣,
他的大手轻轻地抚摸着孩子的背。
眼见着变为废墟的村庄:
在过去的日子里,
我总认为可以兵来将挡水来土掩,
但是猛兽一来,我能救的只是极少数。
人民少而禽兽众,授人以鱼不如授人以渔,
我得教他们自救的方法。

十

后来,伏羲就制作了一种武器,
这种武器有着圆柱形的木柄,
其长短约五尺,
前端还缀有用石头磨成的石镞。
伏羲教他们砸、劈、推、缠、扎等动作,

伏羲作木兵

人们就学会了防身的本领,

不仅能够抵御野兽的攻击和敌人的侵犯,

还能够猎捕野兽,用于驯养和庖厨。

不过这些武器用于战争,那是后来的事了。

后来,伏羲就制作了一种武器,
这种武器有着圆柱形的木柄,
其长短约五尺,前端还缀有用石头磨成的石镞。
伏羲教他们砸、劈、推、缠、扎等动作,
人们就学会了防身的本领。

【衍说】

我国的兵器种类繁多，分类方式亦各不相同，但其中一种主要的分类就是冷兵器和热兵器之分。冷兵器一般指不利用火药、炸药等热能打击系统和化学推进手段，直接用来投掷、砸击、刺戮和斩杀，起保护作用的武器。广义的冷兵器则指冷兵器时代所有的作战装备。热兵器则指一种利用推进燃料快速燃烧后产生的高压气体推进发射物的射击武器。传统的推进燃料为黑火药或无烟炸药。冷兵器是最早的兵器，像矛、戟、戈、钺等，它们形状、作用各异，制作原型大多源于木材制作的棍棒。而用木材做兵器始于伏羲，据唐代《太白阴经》载："木兵始于伏羲，至神农之世，削石为兵。"此处的"木兵"即是木制的兵器，强调从伏羲时代开始，当为其最直接证据。王耀在《天水人文》中也指出："《太白阴经》说'木兵始于伏羲'，指的是棍棒是最为原始的武器，产生于伏羲时代。"由此，伏羲不仅制作了"木兵"，还在兵器发展这一方面做出了巨大的贡献。

《韩非子·五蠹》中记载着："上古之世，人民少而禽兽众，人民不胜禽兽虫蛇。"可见，上古之世，猛禽野兽时刻威胁着人们的生存与安全。伏羲时代大约是从公元前5345年到公元前4094年，属于原始社会的父系阶段。据《周易·系辞下》，伏羲"作结绳而为罔罟，以佃以渔"。《太平御览》

又引《尸子》云:"宓牺氏之世,天下多兽,故教民以猎也。"伏羲又名宓牺、庖牺等,其中"牺"字在《说文解字》中解释为:"牺,宗庙之牲也。""宗庙之牲"指的是古代供祭祀用的牲畜。要获得牲畜就得进行捕猎或驯养家畜。综上所述,伏羲部落的主要生产方式应是渔猎,此外,原始农业和畜牧业也得到了很大程度的发展。不过"人民少而禽兽众"的现象依然存在。为求生存,人们不得不与恶禽猛兽进行残酷的斗争。所以,伏羲制作木兵,教导人们以最基本的奔跑、攀缘、踢踏、挥舞、投掷、削刺等生存及生产动作来抵御猛兽袭击、防御灾害。

而"伏羲作木兵"并不只是存在于神话故事中,这一现象还促使着人类社会的进步与发展。随着氏族社会的演进,氏族部落之间的纷争四起,为了扩张地域,掠夺财富,部落与部落之间的战争随之爆发。《武术训练与欣赏》一书中提到:"人类进入氏族公社时期,部落或氏族间为了争夺更好更适宜的生活环境,经常发生小规模的战争,人类的徒手和器械格斗技能在这一漫长的历史阶段中积累和发展着。徒手搏斗时,人类的攻击和防御动作通常是拳打脚踢、滚摔抵压等。在利用器械的近身搏斗中,常使用棍棒、刀斧或长矛等工具;部落间的远距离战斗则会使用弓箭或投掷器类工具。"可见,在上古氏族公社时代,为了争夺资源和领域,部落之间经常会发生群体性的争斗,他们手持由狩猎的棍棒改良成武器的"干戈"进行搏斗。因此,"伏羲作木兵"就对武器的改良发展起到了重要作用,也在一定程度上促进了社会的进步与发展。

伏羲驯家畜

刘勤 李远莉 撰
郑攀 绘

【原典】

○（春秋战国）《尸子·君治》："宓羲之世，天下多兽，故教民以猎。"

○（东汉）班固《汉书》："伏羲作网罟，以佃渔，取牺牲。"

○（东汉）许慎《说文解字》释"伏"："司也。从人犬。"

○"伏羲"之"羲"，又作"牺""犠"。"牺"与"犠"同。东汉许慎《说文解字》释"犠"："宗庙之牲也。从牛羲声。"

○"伏羲"之"伏"又作"庖"。东汉许慎《说文解字》释"庖"："厨也。"

○（西晋）皇甫谧《帝王世纪》："取牺牲以供庖厨，以食天下，故号曰庖牺氏。"

○（唐）孔颖达疏《尚书序》："古者以圣德伏物教人，取牺牲，故曰伏牺。"

○（宋）罗泌《路史·禅通纪·太昊纪》："方是时也，天下多兽，教人以猎，蓄育牺牲，服牛乘马，草鞿皮蒙，引重致远，以利天下，而下服度。"

○（清）吴乘权《纲鉴易知录》："（太昊）养牺牲以充庖厨，故又称庖牺氏。"

【今绎】

一

葱郁的森林里万籁俱寂。

突然,暗林中起了一阵风,呼呼直响,

把新生的小草都惊到了,嫩叶儿直抖①。

风还没停,更大的声响又传了过来。

循着声音望去,只见

一只长着大犄角和雪白长毛的山羊,

正甩开健壮有力的四蹄,

从林子的深处狂奔而来。

二

"快!快!抓住它!祭品有着落了!"

伏羲一边喊,一边紧追不舍。

---

①此句引用自唐卢纶《塞下曲》(其二):"林暗草惊风,将军夜引弓。平明寻白羽,没在石棱中。"

慌不择路的山羊,一头撞在大树上,
身体晃了晃,接着它马上调转方向,想冲出去,
就在这时,却被伏羲抛撒的大网给网住了。
紧跟而来的猎户们眼见山羊被抓,都兴奋得尖叫起来。
众人将伏羲托举起来,抛到半空,大声唱道:
"伏羲王,最多智;天下难,皆能攻。
鱼儿滑,教人网;林有兽,教人猎①。
小网,鱼儿溜不出;大网,牺牲②有着落。"
大家抬着刚刚捕获的山羊,兴高采烈地回家了。
有了祭品,祭祀活动举办得非常成功。

三

第二年,转眼到了惊蛰这天。
"轰隆——轰隆——",云层中雷声不断。
人们抬眼望着天空,默默祈祷着。
大家都在想:
快了,快了,春雨马上就要来了!

---

①在古代神话传说中,伏羲发明了网。汉班固《汉书·律历志下》:"(伏羲)作罔罟以田渔,取牺牲,故天下号曰炮牺氏 。"
②牺牲:名词,古指祭祀或祭拜用品,也指供祭祀用的纯色牲畜,供盟誓、宴享用的牲畜。《左传·庄公十年》:"牺牲玉帛,弗敢加也,必以信。"

慌不择路的山羊,一头撞在大树上,
身体晃了晃,接着它马上调转方向,想冲出去,
就在这时,却被伏羲抛撒的大网给网住了。

可令人失望的是,
雷声慢慢小了下去,乌云也渐渐消散,
期待已久的惊蛰春雨并没有如期而至。
甚至,整个春天都滴雨未下。

四

这一年,是个荒年。
粮食匮乏,大家的日子过得十分艰难。
到了冬天,情况更是越发地糟糕。
天气寒冷,河面上结了一层厚厚的冰,
人们不得不敲冰捉鱼,因此常常掉到冰窟窿中,
不是淹死、冻死,就是得伤寒而死。
打猎的人也总是空手而归。
没有吃的,大家就啃起了树皮,吃起了腐烂的动物尸体。
越来越多的人因此而生病,上吐下泻,高烧不退。
不少人就这样丢了自己的性命。
伏羲迟迟没有想出办法,焦虑不已。

伏羲驯家畜

到了冬天,情况更是越发地糟糕。
天气寒冷,河面上结了一层厚厚的冰,
人们不得不敲冰捉鱼。

五

伏羲决定祭祀天神,祈求神灵的帮助。

可部落里的巫祝却告诉伏羲:

"伏羲,没有牺牲,无法祭祀啊!

神灵无享,是不会为部落降下福祉的!"

"那我亲自去寻找牺牲!"

伏羲叫上部落里所有的青壮年,

带上网,提上棍棒,转眼就进了森林。

六

功夫不负有心人,这次他们一共猎到了

野马、野鸡、野牛、野猪和野山羊这五种动物。

伏羲命人将它们牢牢拴在祭坛边的柱子上,

准备第二天作为祭祀的牺牲杀掉。

七

就在这天晚上,伏羲做了个怪梦。

功夫不负有心人,这次他们一共猎到了野马、野鸡、野牛、野猪和野山羊这五种动物。伏羲命人将它们牢牢拴在祭坛边的柱子上。

梦里云雾缭绕,恍如仙境。
有个牛头马面的神灵对伏羲说:
"伏羲,你诚心祭祀我,
我又怎么忍心不帮助你呢?
你可将捕获的野兽豢养起来,
一方面做牺牲,另一方面充庖厨①。
这金麦穗和五彩蓍草,
你就用作不时之需吧……"

八

伏羲醒来后,神灵的话还时时萦绕在耳畔,
一看手里,果然多了金麦穗和五彩蓍草。
他深受启发,立刻命人做栅栏,将动物圈养起来。
可是这些动物野性十足,常常撞栏逃跑。
伏羲心想:要豢养野兽,单靠栅栏是肯定不够的。
人类必须学会驯服野兽,掌握驯养技能,
并使之长久地流传下去,才能真正过上好日子。

---

①庖厨:厨房,引申为肴馔。也指厨师。东汉班固《汉书·东方朔传》:"放郑声,远佞人,省庖厨,去侈靡。"南朝宋范晔《后汉书·仲长统传》:"使饿狼守庖厨,饿虎牧牢豚,遂至熬天下之脂膏,斫生之骨髓。"

就在这天晚上,伏羲做了个怪梦。
梦里云雾缭绕,恍如仙境。
有个牛头马面的神灵指示伏羲,
让他将捕获的野兽豢养起来,
并给了伏羲金麦穗和五彩蓍草。

九

此时刚好部落中一位壮汉毛遂自荐前来驯服野马。
可野马体形高大,性子刚烈,哪里肯被人驯服呢!
壮汉还没上马,就被野马踢翻在地,半天起不了身。
看着大家失望的神情,壮汉羞红了脸。
他勉强站起来,鼓足勇气,再次想跃上马背,
眼看他又要被踢翻,伏羲赶紧把金麦穗扔给他:
"小伙子,快用金麦穗来驯服它!"
壮汉接住麦穗,只见它颗粒饱满,金光闪闪。
当野马飞奔乱窜时,他用金麦穗打马屁股,马儿就僵硬不动了;
当野马倔强不走时,他把金麦穗放在马嘴边,马儿就又跑起来了。
就这样,野马被驯服了。
它驮着壮汉在原野上奔跑了起来。

十

野鸡使劲儿扑腾着翅膀,一下就飞出了栅栏。
大家手忙脚乱地去捉野鸡,可毕竟人不会飞,

壮汉接住麦穗,只见它颗粒饱满,金光闪闪。

弄得筋疲力尽,却连鸡毛都没碰到一根!
于是,伏羲令能与动物对话的句芒①去驯服它。
句芒也会飞,但野鸡并不知道这一点。
见句芒要来捉自己,野鸡扑腾着翅膀飞到灌木枝上,
咯咯咯地嘲笑句芒:"来呀,有本事你就追上我呀!"
话音未落,句芒像一阵风冲到野鸡面前,
野鸡惊得忘了扇翅膀,一头栽下来。
经这么一吓,从此以后,这野鸡再不能高飞了!

十一

见野马、野鸡被一一驯服,
野牛发了狂,横冲直撞。
看牛老人向伏羲哭诉道:
"伏羲啊,野牛的力气实在是太大了!
这栅栏迟早会被它撞破,
到时肯定四处撞人、踩人,怎么控制得住?"
伏羲皱了皱眉,若有所思。

---

① 句芒(gōu máng):中国古代神话中的春神,又被称作芒神、木神,是主宰草木和各种生命生长之神,也是主宰农业生产之神。神话中句芒是太昊伏羲之官。《礼记·月令》:"其帝大皞。其神句芒。"

他拿出神灵赐予的五彩蓍草,
将其编织成一枚小指环,看——
小指环越变越大,最后竟然有手镯般大小;
而且渐渐变成了金环,在伏羲手中闪闪发光。
伏羲把金环往空中一抛,
它就自动飞去穿在了野牛的鼻子上。
"老人家,快去拿绳子来套上!"
按照伏羲的话去做,老人果然驯服了野牛。

十二

看到力气巨大的野牛都被驯服了,
野猪心想:我必须得赶快逃出去,否则难逃厄运!
"嘭——嘭——嘭……"
它鼻子里喷着粗气,用身体猛撞圈栏;
不停地发出令人毛骨悚然的嘶吼,
并扬起又尖又长的獠牙,撬断了一根根栅条。
正当大家都慌了神儿的时候,伏羲又抛出金麦穗。
金麦穗在野猪面前飘着走,发出阵阵诱人的麦香,
贪吃的野猪直流口水,眼睛直勾勾地盯着金麦穗。
不知不觉地就自动套到了伏羲用蓍草做的项圈中。

十三

现在就只剩下野山羊了。

没想到,看似温顺的野山羊却软硬不吃。

它把喂食的槽咬烂,在地上刨坑打洞想逃跑。

谁也拿它没办法!

但伏羲知道这山羊最怕什么。

他带过来一个小女孩。

小女孩对着野山羊扮了个鬼脸,叉着腰朝它骂道:

"哼,野山羊,你有什么好神气的!"

说完便朝野山羊吐了一口口水。

唾液刚好落到野山羊的鼻子上,

野山羊浑身一抖,颤颤巍巍地低下了头。

十四

最后伏羲将所有人都召集到一起,告诉大家:

"我们再捕获一些野兽,全部一公一母搭配起来圈养,

待它们生出小崽之后,又继续驯养这些小崽。

时间一长,动物数量就会增多。

这样,部落就会有源源不断的祭品和肉食。"

大家按照伏羲的教导驯养家畜,并将这些过程编成故事口耳相传。

【衍说】

盘古开天地,女娲造生命,神农播五谷,伏羲创文明。以盘古神话、女娲神话、神农神话、伏羲神话为代表的中国远古神话传说,是一幅人类文明肇始的微缩图。盘古以巨人之身撑开混沌,开辟天地,从此便有了高山、河流、风、云、雷、电,有了人类生存的空间和物质基础;女娲作为中华民族的大母神,抟黄土而造人,从此世界上便有了人,有了文明发展的主体;创世之初,人类与兽争食,茹毛饮血,生存艰难,于是神农播五谷、尝百草,迎来了农耕时代,又解决了人类的食物问题、生存问题。

伏羲也是肇始人类文明的大神,是远古神话中的重要人物。伏羲神话的主要内容就是围绕人类文明的开创而展开的。他首创八卦。《易·系辞下》记载:"古者包牺氏之王天下也,仰则观象于天,俯则观法于地,观鸟兽之文与地之宜,近取诸身,远取诸物,于是始作八卦,以通神明之德,以类万物之情。"他发明渔网,创造更为简捷、高效的捕鱼方式。同样在《易·系辞下》中记载:"(伏羲)作结绳而为网罟,以佃以渔。"他还创制了婚姻礼俗制度。《路史·禅通纪·太昊纪》记载:"(其)正姓氏,通媒妁,以重万民之丽,俪皮荐之以严其礼。"他还"丝桑为瑟,均土为埙","制杵臼,万民以济","立礼教以导文,造干戈以饰武"。在所

伏羲驯家畜

有伏羲创制文明的神话中,特殊的是伏羲驯家畜的传说,因为伏羲之名可能就源于此。

据《汉书·律历志》《帝王世纪》《尸子》以及《尚书序》孔颖达疏等载,伏羲又称"伏牺""宓羲""庖牺"。首先,"牺牲"之"牺"古写为"犧"。《说文解字》:"牺,宗庙之牲也。"段玉裁又注曰:"按沙、娑、羲古音三字同在十七部。牺牲、牺尊盖本只假羲为之。"因此,伏羲之"羲"实际上也大致同"牺",与祭祀品相关。这里就点明了伏羲与作为祭祀品的动物之间的关系。其次,"伏"字的甲骨文字形,表现为一个人呈匍匐、下跪、伏下的姿态。陈涛在《常用汉字浅释》中就认为"伏"字本义为趴下、趴伏。如《史记·孝文本纪》所载:"群臣皆伏,固请。""伏"字后来又引申为埋藏、埋伏、屈服、顺服,以及伏日、伏天(躲避暑夏)之意。因此"伏牺"之"伏",其实就含有驯养野兽,使其顺服之意。最后,许慎《说文解字》又训"庖"为"厨也",段玉裁注曰:"《王制》:'三为充君之庖。'注曰:'庖,今之厨也。'"那么,"庖牺"一称就将伏羲与动物、厨房、食物联系在了一起。由此可知,伏羲与驯家畜之间的确存在联系,并且都已凝结在他的名号之中。

此外,考古学界也认为伏羲文化是真实存在的上古人类文化之一,属于大地湾文化。也正是在大地湾遗址中出土了17 000余件兽骨,其中三分之一都是猪骨,大多为幼年猪骨。这一考古发现也直接证明了当时伏羲部落已经出现了驯养家畜的生产活动，说明了伏羲驯家畜这一神话传说的可靠性。本文故事也正是依据《尸子·君治》《路史》《纲鉴易知录》等古籍记载和现代考古发现，就伏羲驯家畜这一神话传说展开合理的想象。由于早期史籍并没有记载伏羲驯养的家畜种类，本文就选择了人类生活中最为常见、经济价值较大的五种家畜，即野马、野鸡、野牛、野猪和野山羊。并在结合动物自身习性的基础上，力求生动地展示出驯家畜的过程，表现出伏羲的仁爱和智慧。

在上述关于"牺""庖"两字的释义中，我们已经可以看出伏羲或者说伏羲部落驯养家畜的目的。首先上古圣王制祭祀，人类需要通过祭祀来向上天祈祷和慰奠亡灵，因此祭祀在人类生活中非常重要，如若有失，就要受到十分严酷的惩罚，如《汉书·栾布传》载："子贲嗣侯，孝武时坐为太常牺牲不如令，国除。"又《汉书·萧何传》曰："庆，则子也。薨，子寿成嗣，坐为太常牺牲瘦免。"既然祭祀活动在后世都如此重要，那么在文明相较不够发达的伏羲时代，意义就应该更大，所以伏羲部落驯养野兽成为家畜，首先应该是为了满足祭祀需要，其次才是在满足这一需求之后，将驯养的家畜作为食物以充庖厨。

野生动物的成功驯养，极大地提高了人类的生产水平，对于人类文明有非常巨大的意义。正如路·亨·摩尔根在

《古代社会》中所言:"这一生产上的技能,对于人类的优越程度和支配自然的程度具有决定性的意义;一切生物之中,只有人类达到了几乎绝对控制食物生产的地步,人类进步的一切大的时代,是跟生活来源扩充的各时代多少直接相符合的。"伏羲驯家畜就是远古时代人类为提高生活品质而付出努力的一种神话表达。所以,我们不妨将伏羲驯家畜的传说看作是一种神话隐喻,它象征着文明的过程就是一个驯化的过程。包括伏羲创八卦、造书契、建立礼俗等神话传说在内,这些实际上都是驯化野性、发展文明的具体表达。人类文明、文化的发展是在对人类原始野性的驯服、蒙昧状态的转化中一步步实现的。

春之神句芒

刘勤 杨陈 撰
甘钰萍 绘

【原典】

○（春秋）左丘明《左传·昭公二十九年》："木正曰句芒。"杜预注："正，官长也。取木生句曲而有芒角也。"

○（战国）《山海经·海外东经》："东方句芒，鸟身人面，乘两龙。"郭璞注："木神也；方面素服。"

○（战国）墨翟《墨子·明鬼下》："昔者秦穆公，当昼日中处乎庙，有神入门而左，人面鸟身，素服玄纯，面状正方。秦穆公见之，乃恐惧奔。神曰：'无惧！帝享女明德，使予锡女寿十年有九，使若国家蕃昌，子孙茂，毋失。'秦穆公再拜稽首，曰：'敢问神名？'曰：'予为句芒。'若以秦穆公之所身见为仪，则鬼神之有，岂可疑哉！"

○（西汉）戴圣《礼记·月令》："孟春之月，其帝大皞，其神句芒。"郑玄注曰："句芒，少皞氏之子曰重，为木官。"

○（西汉）刘安《淮南子·时则训》："东方之极，自碣石山过朝鲜，贯大人之国，东至日出之次、榑木之地、青土树木之野，太皞句芒之所司者万二千里。"

○（东汉）班固《白虎通义·五行》："时为春，春之为言蠢，蠢动也，位在东方，其色青，其音角者，气动耀也，其帝太皞，太皞者，大起万物扰也。其神句芒，句芒者，物之始生，芒之为言萌也。其精青龙，阴中阳。"

○（唐）阎朝隐《人日大明宫应制》："句芒人面乘两龙，道是春神卫九重。彩胜年年逢七日，酴醾岁岁满千钟。宫梅间雪祥光遍，城柳含烟瑞气浓。醉倒君前情未尽，愿因歌舞自为容。"

【今绎】

一

"春雨惊春清谷天,夏满芒夏暑相连。
秋处露秋寒霜降,冬雪雪冬小大寒。"
这是人们非常熟悉的二十四节气歌。
其实,每个节气里都有个美丽的故事。
今天,我们就来说说立春里的故事。
立春,位列二十四节气之首。
它标志着万物复苏、鸟语花香的到来。
这天,人们穿着盛装,举行迎春活动。
他们敲锣打鼓,所请的正是春神句芒。

二

句芒是东方之神伏羲的臣子。
他的职责是协助伏羲管理春天。
句芒生着人的脸,有着鸟的翅膀,

脸形方墩墩的，常披素色衣衫，
双脚踏着两条威风凛凛的神龙，
在山川云雾中自由穿行，
别提有多威风了！

三

立春没到来之前，还是寒风呼啸的冬天。
清冷的河面结上了一层厚厚的冰。
天空飘着鹅毛般的大雪，
绵延了东方整整一万两千里。
植物冻得躲在土里不敢出来。
动物们也进入了沉沉的冬眠。
人们没有植物可以采集，也没有猎物可以捕获，
只能哆嗦着窝在家里，饿着肚子围着火堆取暖。
他们多么希望春神句芒快点来啊！
好尽快帮他们驱散寒冷和饥饿。

句芒生着人的脸,有着鸟的翅膀,
脸形方墩墩的,常披素色衣衫,
双脚踏着两条威风凛凛的神龙,
在山川云雾中自由穿行,
别提有多威风了!

四

立春了!

这意味着寒冷饥饿的冬天终于结束了。

这个时间大概是每年公历的 2 月 3 日到 5 日,

也就是农历正月初一前后。

立春的前一天,

人们纷纷在头上簪花,摆上丰盛的食物,

朝着东方迎接句芒神。

在热闹的氛围中,人们还会用黏土做春牛①,

并用鞭子"啪啪啪"地打它的屁股。

春神句芒听到鞭子声,便乘着两条龙来了。

五

句芒驭龙临空,拿着规②和矩③。

---

①春牛:立春前一日用土、芦苇或纸做成的劝农春耕的牛,用来祈求丰收。春牛是立春的传统风俗之一,由人扮成主管草木生长的"句芒神",鞭打由土、芦苇或纸做成的牛,也称"打春""鞭春"。

②规:画圆形的仪器,即圆规。

③矩:本指曲尺,可以画直角形和方形,也可以测度直线的长短或估量角的度数。

人们纷纷在头上簪花,摆上丰盛的食物,朝着东方迎接句芒神。

在热闹的氛围中,人们还会用黏土做春牛,并用鞭子"啪啪啪"地打它的屁股。

两手一挥,就能丈量出一万二千里范围内的春天。
这时,有的树儿草儿还在睡懒觉,不肯抽枝发芽。
句芒吹一口气,它们就醒了。
三三两两伸伸懒腰,瞅了一眼外面的世界,
嘟着嘴抱怨天气太凉太干燥。
句芒神微笑着说:"别着急,别着急。"
于是,他请来雨神帮忙,
不多会儿,天空淅淅沥沥地下起了春雨。

六

花儿也忍不住想睁眼看一看这个崭新的世界。
它们耸耸肩,冒出一个又一个的花骨朵儿。
句芒想让花儿快点露出笑脸,就飞到风神那里寻求帮助。
风神轻松地说:"您先回去吧,明天花儿就开啦!"
于是,在静谧的春晓,
风神用手轻轻地拂过花骨朵儿的脸颊,
染黄了迎春,染白了玉兰,染粉了野樱,
菜花、杏花和李花也纷纷登上春天的舞台,
争相展示绰约的身姿。

句芒驭龙临空,拿着规和矩。

两手一挥,就能丈量出一万二千里范围内的春天。

他请来雨神帮忙,

不多会儿,天空淅淅沥沥地下起了春雨。

句芒想让花儿快点露出笑脸,就飞到风神那里寻求帮助。

七

草木已经苏醒,可动物们还在沉睡呢!
句芒赶忙飞去问雷神这是怎么回事,
竟发现雷神正倚在门边打盹儿。
雷神醒来,安慰句芒神说:"别着急,别着急,看我的!"
睡饱了觉的雷神抡起鼓槌就开始击鼓。
"轰隆隆……轰隆隆……"
春雷惊醒了虫鱼鸟兽:
瓢虫穿着花衣爬到草尖上眺望歌唱,
水獭高兴地将捕到的鱼儿堆在岸边,
鸿雁排队鸣叫着,陆续从南方飞来。
连最懒的棕熊也醒了,
它伸了个懒腰,打了个哈欠,结束了冬眠。
只有那特别怕热的蛇还躲在洞里不肯出来。
句芒心想:你且睡着吧,反正大家也怕你!

八

天气逐渐回暖,整个大地处处生机盎然。
有时,春光明媚,姹紫嫣红;

睡饱了觉的雷神抡起鼓槌就开始击鼓。
"轰隆隆……轰隆隆……"

有时,春雨淅沥,清凉可爱。
你听,雨——
洒在斑竹林里的"沙沙"声,
打在芭蕉叶上的"嗒嗒"声,
拂过杨柳枝条的"唰唰"声。
还有,你听——
那燕子徘徊屋檐亲切的"喳喳"声,
那黄莺穿梭枝头婉转的"啾啾"声。
人们沉醉其中,不能自拔,
大家都忘了春天是播种的季节。

九

为了不废农时,提醒人们播种,
句芒请来了勤劳的布谷鸟。
布谷鸟小巧可爱,长得像鸽子。
它背上的羽毛全是暗灰色的,肚子上布满了深褐色的水纹。
虽然它的模样并不华丽,可是它的叫声却十分清脆、响亮。
不管是早晨还是傍晚,刮风还是下雨,
它都在巡视,发出"布谷——布谷——"的声音。
一听到这声音,人们就纷纷拿出锄头和犁耙,

不管是早晨还是傍晚,刮风还是下雨,
布谷鸟都在巡视,发出"布谷——布谷——"的声音。
一听到这声音,人们就纷纷拿出锄头和犁耙,
翻土撒种,开始了新一年的劳作。

翻土撒种,开始了新一年的劳作。

十

伏羲见句芒把人间的春天打理得有条不紊、有声有色,
非常赞赏,继续让他担任此职,管理春天。
直到现在,在迎春的年画中,
我们还能看到句芒神的影子。
不过,在悠悠的历史长河中,
句芒的形象发生了很大变化:
他变成了头绾双髻、手握柳鞭的牧童,
骑在牛背上,提醒人们抓紧时间春耕。

【衍说】

《山海经·海外东经》载："东方句芒，鸟身人面，乘两龙。"句芒之鸟身人面，说明居住在东方的太昊部族，原本是一个以鸟为图腾信仰的部族。句芒神也许就是该部族的图腾神。那么，春神句芒是女性还是男性呢？没有直接的文献记载。春天是万物复苏，草木生长的时节，神话学家丁山认为："春风时至，草木皆苏，春神有促进生殖的能力，也就被大众重视为生殖大神了。"所以早在唐代著名的诗人李商隐的七绝诗《赠句芒神》中就有："佳期不定春期赊，春物夭阏兴咨嗟。愿得句芒索青女，不教容易损年华。"李商隐诗歌中的句芒，是一位女性形象。但太昊部族，已经是个男权社会了。墨翟《墨子·明鬼下》说句芒"面状正方"，即句芒神的脸是四方形的，此时的句芒开始逐渐演化为具有男性特征的春神。后世的句芒图，因受神话历史化和古代男权社会的影响，春神句芒除了头顶上还保留着一些被称为"芒"的毛发而外，几乎已经完全变成了一个古代朝臣的形象。

迎春的习俗，早在周代就已经有了。据《礼记·月令》记载，在立春之日，天子亲自带领着三公、九卿、诸侯大夫，到东郊迎春，祈求年岁丰收。《礼记·月令》："立春之日，天子亲帅三公九卿诸侯大夫以迎春于东郊。"《后汉书·

礼仪志》也记载了汉代迎春的习俗：在立春这一天，京师百官穿着青衣，上自郡国县道官员，下至斗食令史都戴着青色巾帻，举着青旗，在门外造土牛和农人，以劝农耕。《后汉书·礼仪志》："立春之日，夜漏未尽五刻，京师百官皆衣青衣，郡国县道官下至斗食令史皆服青帻，立青幡，施土牛耕人于门外，以示兆民，至立夏。"

当然，每个地方的迎春神活动也略有不同。浙江地区迎春时要抬着句芒神出城上山，迎神时还会举行大班鼓吹、抬阁、地戏、秧歌、打牛等活动。山东地区迎春神句芒时会根据句芒的服饰预告当年的气候：戴帽子预示着春暖，光头预示着春寒，穿鞋预示着春雨多，光脚预示着春雨少。有的地方甚至会直接贴上句芒神的年画，用来迎春。

春，东汉许慎《说文解字》释义为"推也"，"艸，春时生也"，表示草在春天生发；南朝梁顾野王《玉篇》解释为"蠢也，万物蠢动而出也"，也是蠢蠢欲动、万物萌生的意思。

春是四季之首，是万物复苏、生机盎然、鸟语花香的季节。正因如此，春在文学世界里成为"美好""短暂""爱情""温暖""生命"等词的同义语。尤其是细腻敏锐的女性和文人士大夫怀才不遇、壮志难酬之时，更容易由近及远、由物及人，从春的流逝、万物的兴起衰败，联想到生命的短暂、爱情的脆弱、美好的易逝，由此生出一种怀春、惜春、伤春的情结来。因此,比起夏、秋、冬来说,春,更有一种诗人的情怀。

在中国文学史上,怀春、惜春、伤春是永恒的主题。不同时代、不同身份的人都能借春吐露情怀。比如,大家耳熟能详的《春晓》:"夜来风雨声,花落知多少。"通过描写春夜风雨,以及不知被摇落了多少的花朵,来表达诗人对春光流逝的淡淡哀伤和无限遐想。又如,冯延巳《鹊踏枝》中的"谁道闲情抛掷久,每到春来,惆怅还依旧",更是道出了在万物萌生、生机盎然的春季,词人心中欲抛不得的盘旋郁结的惆怅与痛苦。再如,李煜《相见欢》:"林花谢了春红,太匆匆,无奈朝来寒雨晚来风。胭脂泪,相留醉,几时重?自是人生长恨水长东!"将人类所共有的失意的深切悲慨寄寓在对暮春残景的描绘中,表面是伤春,实际是对人生体验的感叹。

燧人氏取火

刘勤 高蓉 撰
周艺琳 绘

외사부록

【原典】

○（春秋）管仲《管子·轻重戊》："黄帝作，钻燧生火，以熟荤臊，民食之无兹胃之病，而天下化之。"

○（战国）庄周《庄子·盗跖》："古者民不知衣服，夏多积薪，冬则炀火，故命之曰知生之民。"

○（战国）韩非《韩非子·五蠹》："有圣人作，钻燧取火以化腥臊，而民悦之，使王天下，号之曰燧人。"

○（晋）王嘉《拾遗记》："燧明之国，不识昼夜，土有燧木……观此燧木，有鸟类鸮，啄其枝则火出，取以钻火，号燧人氏。"

○（魏晋）谯周《古史考》："太古之初，人吮露精，食草木实，山居则食鸟兽，衣其羽皮，饮血茹毛，近水则食鱼鳖蚌蛤，未有火化，腥臊多害肠胃。于是有圣人出，以火德王，造作钻燧出火，教人熟食，铸金作刃，民人大悦，号曰燧人。"

○（宋）李昉《太平御览·火部二》卷八六九引《王子年拾遗记》："申弥国去都万里，有燧明国，不识四时昼夜。其人不死，厌世而升天。国有火树，名燧木，屈盘万丈，云雾出于中间，折枝相钻，则火出矣。后世圣人，变腥臊之味，游日月之外，以食救万物。乃至南垂，目此树表，有鸟若鸮，以口啄树，粲然火出。圣人感焉，因取小枝以钻火，号燧人氏，在庖羲之前，则火食起乎兹矣。"

○（宋）李昉《太平御览》卷八六九引《礼含文嘉》："燧人始钻木取火，炮生为熟，令人无腹疾，有异于禽兽，遂天之意，故为燧人。"

○（宋）罗泌《路史》："上古之人，茹毛而歃血食，果瓜虫鱼，膻腐馊漫，内伤荣卫，殒其天年。乃教民取火，以灼以炳，以熟臊胜，以燔黍捭豚，然后人无腥臊之疾。人民益伙。羽皮之茹，有不给于寒，乃诲之苏冬而炀之，使人得遂其性。号遂人氏，或曰燧人。"

【今绎】

一

圣人曾经从天界带回火种,分发给了每个部族。
火种就是人们的希望,
人们用火取暖照明、烧水煮肉、驱赶飞禽走兽!
生活变得越来越富足,越来越美好。
为了满足自己的私欲,获取更多的食物、兽皮,
人们放火烧山,把动物们从森林里赶出来,
然后进行大规模的捕杀。

二

看到大地上的动物快要被人们捕杀殆尽,
天帝非常愤怒,命令风伯吹灭了所有的火种。
人们再次陷入了黑暗之中。
大家尝试了很多种方法,都没有找到火种。
没有了火种,原本美好的生活都化为了泡影:

人们放火烧山,把动物们从森林里赶出来,然后进行大规模的捕杀。
看到大地上的动物快要被人们捕杀殆尽,天帝非常愤怒,命令风伯吹灭了所有的火种。

生冷的食物使人们疾病丛生,
寒冷的冬季使人们瑟瑟发抖,
黑暗的夜晚使人们毛骨悚然,
生活中的一切都因为没有火而失去了色彩,失去了活力!

三

为了找寻火种,一位智者踏上了漫长的寻火征程。
他走过许多地方,却始终一无所获,
有一天,他来到了一个神秘的西方国度——燧明国①。
为什么叫燧明国呢?
原来在这个国家的中央,
有棵能发光的大树,叫"燧木"②。
燧木之高,耸入云霄,雾霭出其间;
树冠之广,盘屈万丈,国人住其中。

---

①燧明国:古国名。中国上古时代的一个氏族部落。《太平御览·火部二》卷八六九引《王子年拾遗记》:"申弥国去都万里,有燧明国,不识四时昼夜。其人不死,厌世则升天。国有火树,名燧木,屈盘万顷,云雾出于中间,折枝相钻,则火出矣。后世圣人,变腥臊之味,游日月之外,以食救万物。乃至南垂,目此树表,有鸟若鸦,以口啄树,粲然火出。圣人感焉,因取小枝以钻火,号燧人氏。在庖羲之前,则火食起乎兹矣。"同书卷七八引《礼含文嘉》云:"燧人始钻木取火……遂天之意,故为燧人。"

②燧木:传说中可钻而取火的树木,又叫火树,屈盘万顷,云雾出于其间。

燧人氏取火

四

燧木枝繁叶茂,遮天蔽日。
太阳和月亮的光辉无法穿透树冠,
但是奇怪的是,国中却始终明亮。
那里没有白天黑夜的交替,
也没有春夏秋冬的更迭。
狂风暴雨经过层层叠叠的树叶,
变成了和风细雨。
人们在树下悠闲地耕作、打盹儿,
粮食总是吃不完。
燧明国的人能长生不死,
如果他们有一天厌弃了这个世界,
诚心祈祷,灵魂便能通过燧木升天。

五

智者抬起头,注意到那些光,
它们是从树冠深处发出来的。
闪烁点点,像星星一样,
又十分柔和,永不熄灭。

在燧明国的中央,
有棵能发光的大树,叫"燧木"。
燧木之高,耸入云霄,雾霭出其间;
树冠之广,盘屈万丈,国人住其中。
人们在树下悠闲地耕作、打盹儿,
粮食总是吃不完。

智者觉得奇怪,决定寻找光的来源。

他找到一位耄耋①老人,问:

"老人家,您知道燧木为什么能发光吗?"

老人捋了捋垂地的白胡子,说:

"光就在那里,何必要知道为什么呢?"

得不到想要的答案,智者又找到一位年轻人,问:

"小伙子,你爬过燧木树吗?"

"那是猴子干的事情。"年轻人淡淡地说。

智者实在好奇,找到了燧明国的中央。

趁四下无人,他悄悄爬上了燧木树。

六

当爬到一半的时候,

智者的眼里迸射出希望的光芒。

他发现树冠深处闪烁的不是别的光,

而是点点火花,很小很小。

"难道……那就是火种吗?"

智者抑制不住内心的激动,

---

① 耄耋(mào dié):指年纪很大的人。耄,年纪八九十岁;耋,年纪七八十岁。三国魏曹操《对酒》:"人耄耋,皆得以寿终。"

加快速度往上爬。

七

在快要到达树冠的时候,
智者才发现那些火花一闪即逝。
他失望极了,但仍然不愿意放弃。
"也许,火种就隐藏在更深处哩!"
智者再次燃起希望,朝树冠深处爬去。
这时他看见,茂密的树叶中间,
隐藏着许多奇怪的像鸮①一样的大鸟。
它们不断地用喙去啄树干寻找食物,
一啄,坚硬的树干上便火花四溅,
一点一点,一闪一闪。

八

原来,燧木树因为年纪太大,

---

①鸮(xiāo):鸟名,为鸱鸮科即猫头鹰类猛禽的通称。《诗经·豳风·鸱鸮》:"鸱鸮鸱鸮,既取我子,无毁我室。"

燧人氏取火

这时他看见,茂密的树叶中间,
隐藏着许多奇怪的像鸦一样的大鸟。
它们不断地用喙去啄树干寻找食物,
一啄,坚硬的树干上便火花四溅,
一点一点,一闪一闪。

所以树干上长满了虫子。

这些像鸮一样的大鸟,就在这里取食。

这就是火光的来源。

一点一点,一闪一闪;

一闪而过,触手即逝。

智者虽然找到了光的来源,

却无法带回火种。

他失望地离开了燧明国。

九

一天夜里,智者仰头看到满天璀璨的星星,

大鸟啄树的画面又浮现在他的眼前。

智者恍然大悟,

伸手从旁边的树上折下一截树枝,

将它一头削尖,双手搓着,去钻干枯的木头。

"嗞嗞嗞……",点点火星直冒,

渐渐地,火星变成了一簇火苗,越蹿越高。

突然,一个人首龙身的天神出现在他面前。

燧人氏取火

渐渐地,火星变成了一簇火苗,越蹿越高。

突然,一个人首龙身的天神出现在他面前。

十

"你是谁?"天神怒目圆睁,
红色的头发好像火焰在燃烧。
"我……我……"智者有些害怕,
"你……你又是谁?"但他很快镇定下来。
"我是雷神。你很聪明,发现了火的秘密。
但是,你必须向我保证,绝不将秘密说出去!
若是违背诺言,你就会遭五雷轰顶!"雷神说。
"为什么?"智者不解地问。
雷神叹息了一声,说:
"因为人类的欲望永不能满足,
若是被他们知道了火的秘密,
天地间的生灵都会被他们赶尽杀绝!"
智者点点头:
"好,我保证,绝对不会将火的秘密说出去。"

十一

后来,
智者无论走到哪里,都会把火种留下,
却始终没有告诉人们如何得到火种。
这一年冬天,大地上迎来了最寒冷的冬季,
因为火种太微弱,
许多部族的火种都熄灭了,
成千上万的人都被冻死、饿死。
智者不断地制造新的火种送给大家,
但一个人的力量实在是太弱小,
根本救不了更多的人。

十二

智者不忍心看到人们再被冻死,
不得已把火的秘密说了出来。
就在他说出秘密的一瞬间,
"噼里啪啦——",
一声惊雷,将他震得粉碎。
碎末儿随着风飘散四方,

就在他说出秘密的一瞬间,

"噼里啪啦——",

一声惊雷,将他震得粉碎。

将火的秘密散播到每一个部族。

为了纪念他,人们给他取了个尊贵的名字,叫"燧人"①,就是"取火者"的意思。

---

①燧人:传说中钻木取火的发明者。《韩非子·五蠹》:"有圣人作,钻燧取火以化腥臊,而民悦之,使王天下,号之曰燧人氏。"

【衍说】

考察人类的起源和发展,各民族都有各种生火的方法(有的至今仍在流传),其中钻木取火是比较普遍的方法。就我国而言,人工取火大约始于距今2万年前的山顶洞人时期;而之前,还有个漫长的利用天然火种的阶段,大约始于距今50万年前的北京猿人时期。由此可知,关于"火"的神话传说,是极其古老的。正如田继周在《先秦民族史》中所说:"火对于人类生活是极其重要和密切的。因而对于远古人类用火、取火的事迹,会长期留在人们的记忆中被流传下来。"

在各种关于"火"的神话故事中,"燧人"(又称"燧人氏""燧皇",大约是和华胥氏同时期的神话传说人物)钻木取火的故事,也是大家非常熟悉的。《三坟》(上古时期伏羲、神农、黄帝之书)云:"燧人氏……教人炮食,钻木取火……有传教之台,有结绳之政。"这表明燧人氏钻木取火并教会人们如何使用火,使人们告别了生食。熟食的开始,在人类文明史上具有划时代的意义。食物更加卫生,人的寿命更长。此外,"火"还用于取暖、驱兽、耕作,呼唤着原始农耕业和畜牧业的到来。当然,和其他上古神话人物一样,"燧人"到底是表示一个人还是一个部落,抑或一个时代,已经无法考察。

至于"燧人"是如何发明钻木取火的,也有多种说法。如《韩非子》《路史》等文献认为燧人氏是"察辰心而出火,做钻燧,别五木以改火",或"察时令而出火",从而发明钻木取火的。晋代王嘉《拾遗记》等则认为燧人氏的灵感来源于观鸟啄树干而火出。其云:"燧明之国,不识昼夜,土有燧木……观此燧木,有鸟类鸮,啄其枝则火出,取以钻火。"宋李昉等编撰《太平御览·火部二》卷八六九引《王子年拾遗记》亦云:"(燧明国)国有火树,名燧木……目此树表,有鸟若鸮,以口啄树,粲然火出。圣人感焉,因取小枝以钻火,号燧人氏。"从情理上说,后者更佳;从情节上说,后者更生动、贴切。故本故事的撰写主要依据的是《拾遗记》的记载。

中国神话中"钻木取火"的"燧人"与古希腊神话中"盗火"的"普罗米修斯"其实是同一类形象。"智者"并非天外之客,"智者"其实就是每一个认真生活、用心生活的平凡人。他关心身边人的苦难,对未知事物充满了好奇;他能细心观察、静心思考,面对困难能一往无前。在人类社会漫长的历史长河中,总有一些"智者"舍生取义,永攀真理高峰。他们身上所体现出来的品性和精神,总是时刻激励着我们。

桐瑟五十弦

刘勤 王春宇 撰
韩玲 绘

【原典】

○(战国)《世本·作篇》:"庖牺氏作瑟。瑟,洁也,使人精洁于心,纯一于行也。庖牺氏作五十弦,黄帝使素女鼓瑟,哀不自胜,乃破为二十五弦。具二均声。"

○(战国)《山海经》:"西南黑水之间,有都广之野,后稷葬焉。爰有膏菽、膏稻、膏黍、膏稷,百谷自生,冬夏播琴。鸾鸟自歌,凤鸟自舞,灵寿实华,草木所聚。爰有百兽,相群爰处。此草也,冬夏不死。"郭璞注曰:"其城方三百里,盖天下之中,素女所出也。《离骚》曰:'绝都广野而直指号。'"

○(战国)屈原《楚辞·大招》:"伏戏《驾辩》,楚《劳商》只。"王逸注:"伏戏,古王者也。始作瑟。《驾辩》《劳商》,皆曲名也。言伏戏氏作瑟,造《驾辩》之曲。楚人因之作《劳商》之歌。"

○(西汉)扬雄《太玄赋》:"听素女之清声兮,观宓妃之妙曲。"

○(西汉)王褒《九怀·昭世》:"闻素女兮微歌,听王后兮吹竽。"

○(西汉)司马迁《史记·孝武本纪》:"泰帝使素女鼓五十弦瑟,悲,帝禁不止,故破其瑟为二十五弦。"张守节正义:"泰帝谓太昊伏羲氏。"

○(南朝梁)江淹《水上神女颂》:"青娥羞艳,素女惭光。"

○(唐)魏徵《隋书·音乐志》:"丝之属四:一曰琴,神农制为五弦,周文王加二弦为七者也。二曰瑟,二十七弦,伏羲所作者也。"

○(北宋)杨亿《无题》之三:"嫦娥桂独成幽恨,素女弦多有剩悲。"

○(北宋)杨亿《灯夕寄献内翰虢略公》:"金吾缇骑章台陌,素女繁弦太帝家。"

○(明)王圻、王思义《三才图会·瑟》:"伏羲作五十弦,为大瑟。黄帝破为二十五弦,为中瑟。十五弦,为小瑟。五弦,属次小瑟。"

附:

○蔡卓之文,卢延光绘《中国一百仕女图》:"远古时代,成都方圆三百里的天地中,出现过一位用音乐造福生灵,使之和平繁盛生息的神祇。她也是第一尊出现在中国文学史上的操琴女乐师的形象。她名叫素女。传说素女是黄帝的侍女,善操琴瑟。庖牺氏所做的瑟,是有五十弦的,黄帝使素女鼓瑟,琴音噪耳,'哀不自胜',就命素女将五十弦破分为二十五弦,再操之,琴音就悦耳了。……素女身着柔美的轻纱操琴,成都的田野四时都回荡着叮咚的琴声。这里繁花似锦,百谷自生,鸾鸟自歌,凤鸟自舞,水草丰茂,冬夏不枯,百兽和睦相聚。冬天,琴声为这里送出和煦的风;夏天,琴声为这里带来清爽的雨……琴声把这里变成了名副其实的'天府之国'。成都附近的青城山,有个玉女洞,传说素女曾在那里憩息。"

【今绎】

一

燕子乘着回暖的东风,
叽叽喳喳地在空中飞舞;
人们驯养的牛群,
悠闲地吃着嫩嫩的青草,
口中发出轻快的咀嚼声;
河里的鱼儿没了冰层的阻碍,
一个打挺儿跃出水面,
又"扑通"一声坠入水中……

二

就在一棵郁郁葱葱的桐木下,
伏羲闭上眼睛聆听着周围的一切。
他为这大自然的交响乐而着迷,
感到身体里充满了源源不断的生机与活力,

桐瑟五十弦

就在一棵郁郁葱葱的桐木下,
伏羲闭上眼睛聆听着周围的一切,
他为这大自然的交响乐而着迷……

嘴角微微泛起沉醉的微笑。
滴答，滴答，滴答……
一滴雨从巴掌大的桐木叶上滑落下来，
恰好滴在伏羲的眉间，凉凉的。

三

"哦，下雨啦！"他突然回过神来。
紧接着，天空渐渐暗了下来，远处传来隐隐的雷声。
"啊，这是春雷！"
伏羲感叹世间万物都有它们独特的声音：
黄莺在树上歌唱，唤出了片片嫩绿；
母牛在草场呢喃，哺育着初生的牛犊；
鲤鱼在水中畅游，打破了冰封的沉寂……
多么美！这些声音使他喜悦！
于是，凡是美妙的声音，伏羲就将它们称作"音乐"。

四

伏羲觉得雨落在桐木上的声音极美，

黄莺在树上歌唱,唤出了片片嫩绿;

母牛在草场呢喃,哺育着初生的牛犊;

鲤鱼在水中畅游,打破了冰封的沉寂……

便也学着雨打树叶的样子,
用手指轻轻叩击桐木的树干,
随着力度的变化,树干发出了或强或弱的声音。
伏羲听了,一下子来了主意:
他要选最好的木材来做一件乐器。
于是第二天一大早,
天还没亮,人们都还在酣睡的时候,
他便来到桐木林,闭着双眼,
用心倾听春风在林间穿梭、歌唱和跳舞的声音。
可是不久,树上的雏燕醒来了,吵个不停:
"妈妈! 妈妈! 好饿! 好饿!"
这下子惊醒了树林里的小动物们,林子里热闹了起来。

五

当夜幕降临,这个世界渐渐安静了下来。
伏羲趁大家睡着了,又来到了桐木林。
"风啊,尽情地在这林间奔跑吧!"
伏羲更用心地倾听夜风拂过每一棵树时发出的声响。
伏羲在树林里走走停停,停停走走。
他发现,风穿过、拍打每棵树时发出的声音是不一样的;

伏羲觉得雨落在桐木上的声音极美,
便也学着雨打树叶的样子,
用手指轻轻叩击桐木的树干。

声音激越,木材就坚实致密;
声音绵柔,木材就轻软疏松。
终于,伏羲选定了一棵桐木,
并将桐木割成两半,切成七尺二寸。
"这下就可以带着它行走四方了!"
伏羲很开心,他枕着这份愉悦在山间睡着了。

六

一觉醒来,伏羲睁开眼看见热闹的世界,
风拂动柳条袅袅娜娜地摇摆起来,
杨树的叶子在阳光下欢快地鼓掌。
伏羲见状,来了灵感,
他扯下自己的几根头发,
横着系在桐木的两端做弦,
他学着风的样子,抚弄着弦,
这桐木竟发出了流水般的声响!
伏羲激动地拨弦,
仿佛大海的波浪就在眼前。

终于,伏羲选定了一棵桐木,
并将桐木割成两半,切成七尺二寸。
他跑去取来储藏的蚕丝,搓了五十根丝弦,
把它们固定在七尺二寸的桐木上,
并给这种乐器起名叫作"瑟"。

七

可是人的头发总是容易断，
伏羲便想起了马鬃。
但即使伏羲找来部落最强壮的马，
它的鬃毛也不够长。
伏羲犯了难："去哪里找又韧又长的材料做弦呢？"
见多识广的老牛甩着尾巴走了过来，
慢悠悠地抬起脑袋对伏羲说：
"你为什么不试试蚕丝呢？那东西又长又有韧性。"
伏羲一拍大腿：
"对啊，去年的蚕丝可是大丰收呢！"
他跑去取来储藏的蚕丝，
把很多根细细的蚕丝搓在一起，形成一根强韧的丝弦。
伏羲一共搓了五十根丝弦，
把它们固定在七尺二寸的桐木上，
并给这种乐器起名叫作"瑟"①。

---

①瑟：拨弦乐器。春秋时已流行，常与古琴或笙合奏。形似古琴，但无徽位，有五十弦、二十五弦、十五弦等种，今瑟有二十五弦、十六弦二种。每弦有一柱。上下移动，以定声音。《诗·唐风·山有枢》："子有酒食，何不日鼓瑟。"

八

瑟的声音优美动听,伏羲天天把它带在身边弹奏。
呼吸着清晨花朵吐露的芬芳,
伏羲创作出了清新高雅的乐曲。
陶醉在夜晚温柔的月色里,
伏羲的瑟上响起了空灵哀婉的旋律……
大自然给了伏羲无穷无尽的灵感,
他可能不知道,他创作的《驾辩》《扶来》等乐曲会流芳百世。

九

很久很久以后,中原出现了黄帝部落。
黄帝也懂得音乐具有伟大的力量,
在和蚩尤一族的交战中,
常常以雄壮的鼓声鼓舞士气、震慑敌人。
在统一了中原各部落后,
黄帝想用柔美的音乐取代杀气腾腾的战鼓声,
让百姓们安居乐业,和谐相处,
修复常年战事带来的创伤。

黄帝也懂得音乐具有伟大的力量,
在和蚩尤一族的交战中,
常常以雄壮的鼓声鼓舞士气、震慑敌人。

十

黄帝想起了天皇伏羲创造的瑟,
便请素女①来弹奏。
在落日的余晖里,
素女一双纤纤玉手灵巧地拨弄着瑟弦,
哀婉动人的曲调飘进了黄帝的耳朵,浸润着他的心。
黄帝悲伤极了,久久不能释怀。
他对素女说:"凡事,物极必反,过犹不及。
瑟的声音虽然纯洁柔美,能洗涤怨气与暴戾,
但又太过阴柔,太过悲伤,常人实在是难以承受啊!"
于是便命人把瑟原本的五十根弦删减成了二十五根。

---

①素女:中国古代神话中的女神,与黄帝同时,或言其善于弦歌。《楚辞·九怀·昭世》:"闻素女兮微歌,听王后兮吹竽。"

素女一双纤纤玉手灵巧地拨弄着瑟弦,哀婉动人的曲调飘进了黄帝的耳朵,浸润着他的心。

【衍说】

弹拨弦鸣乐器是中华民族历史悠久,特色鲜明的一类乐器,其中琴、瑟较有代表性。古人常说"琴瑟和鸣",古琴因其音域宽广,音色深沉,余音悠远而受到追捧,很早以前就走入寻常百姓家,而瑟却乏人问津。其实,"瑟"是弹拨弦鸣乐器中最早的成员之一,上古神话中已有它的身影。瑟主要用于祭祀、典礼,先民们希望借瑟的演奏带来阴气,普降甘霖,驱除干旱。《吕氏春秋》中就有朱襄氏时阳气蓄积导致干旱,使用瑟来招致阴气,解救苍生的记载。由此可以看出瑟声的一些特征。

随着中国乐舞文化第一个高峰西周的到来,瑟的制作工艺和演奏水平也趋于成熟。瑟同编磬、编钟、埙等成为当时"雅乐"的主要演奏乐器,它们演奏的曲目主要见载于《诗经》的"雅"与"颂",如《诗经·小雅》"琴瑟击鼓,以御田祖,以祈甘雨",也是利用瑟的阴性特质来求雨。又如《诗经·小雅》"鼓钟钦钦,鼓瑟鼓琴,笙磬同音",则构筑了器乐演奏的群像,反映了当时人们已经发现可以利用多种乐器合奏,达到相辅相成的效果以获得更高的审美享受。《尚书·禹贡》"莱夷作牧,厥篚檿丝",反映的是莱夷所供的蚕丝是制造瑟弦的最佳材料。特贡檿丝以制瑟弦,可知瑟在上层社会的流行。周以后,礼崩乐坏,瑟进入寻常百姓家,迎来了又一发展的高峰。弹奏瑟是君子修身养性的必备技能,《论语·先进》记载:"子曰:'由之瑟,奚为于丘之门?'门人不敬子路。子曰:'由也升堂矣,未入于室也!'"这是子路因不善鼓瑟而被批评。《礼记·曲礼》载"士无故不彻琴瑟",妇人亦用瑟以陶冶情操,唐代刘叉曾作诗《狂夫》:"大妻唱舜歌,小妻鼓湘瑟。"汉高帝戚夫人善于鼓瑟,高帝常拥戚夫人倚瑟弦歌。

瑟的形制并非始终如一,而是存在一个定型的过程。在本文中先是伏羲创制五十弦瑟,黄帝听了素女弹瑟,悲不自胜,说"凡事,物极必反,过犹不及","常人实在是难以承受",所以将瑟弦减至二十五根。这并非是对天皇伏羲所造之瑟的批评。伏羲是天皇,是音乐天才,对艺术有着完美、极致的追求。然而,这种极致之美,常人的修为是无法体会到的,不仅如此,若取枝节,还可能导致一些负面体验。黄帝所虑,当是如此。当然,这是对瑟形制变化的神话表达。从出土文物来看,战国早期时瑟的形制基本定型,呈长方形结构,瑟表面微隆起,上有一个长岳山,三个短岳山,内中空。只是这时的瑟弦数还未固定,有十九至二十六弦不等,到了汉代,才固定为二十五弦。古乐器学专家李纯一将瑟分为三种样式,即大瑟在一百六十厘米以上,中瑟在一百厘米到一百六十厘米之间,小瑟在一百厘米以下。本文中关于伏羲取材于桐木制瑟的情节,源于古代弦乐器制造者历来重视选用桐木来制作乐器共鸣箱。因为桐木纹理细腻,质地轻柔,具有良好的共振特点。《诗经·鄘风》对此有所记载:"树之榛栗,椅桐梓漆,爰伐琴瑟。"

本文的主要情节是依据《世本》中对于伏羲做瑟、黄帝破弦的记载展开的,并虚构了伏羲创制瑟的具体过程。要发现美,一定要有美的眼睛、美的心灵。伏羲能感受到大自然的美妙声响,他热爱这声音,所以调动起所有感官、意识直觉去进行体验,并萌发创造乐器的想法,进而付诸实践,创作出了"瑟",这背后最坚实的凭依是一颗追求美和真理的心。

河伯与宓妃

刘勤 李远莉 撰
郑攀 绘

【原典】

○(战国)屈原《楚辞·离骚》:"吾令丰隆乘云兮,求宓妃之所在。"王逸注曰:"宓妃,神女。"

○(战国)屈原《楚辞·天问》:"胡射夫河伯,而妻彼雒嫔?"王逸注曰:"雒嫔,水神,谓宓妃也。"

○(战国)屈原《九歌·河伯》:"与女游兮九河,冲风起兮横波,乘水车兮荷盖,驾两龙兮骖螭。"

○(西汉)司马迁《史记·滑稽列传》:"魏文侯时,西门豹为邺令。豹往到邺,会长老,问之民所疾苦。长老曰:'苦为河伯娶妇,以故贫。'"

○(三国)曹植《洛神赋》:"黄初三年,余朝京师,还济洛川。古人有言,斯水之神,名曰宓妃。"

○(三国)曹植《洛神赋》:"御者对曰:'臣闻河洛之神,名曰宓妃。然则君王所见,无乃是乎?其状若何?臣愿闻之。'余告之曰:'其形也,翩若惊鸿,婉若游龙。荣曜秋菊,华茂春松。仿佛兮若轻云之蔽月,飘摇兮若流风之回雪。远而望之,皎若太阳升朝霞;迫而察之,灼若芙蕖出渌波。秾纤得衷,修短合度。肩若削成,腰如约素。延颈秀项,皓质呈露。芳泽无加,铅华弗御。云髻峨峨,修眉联娟。丹唇外朗,皓齿内鲜,明眸善睐,靥辅承权。瑰姿艳逸,仪静体闲。柔情绰态,媚于语言。奇服旷世,骨象应图。披罗衣之璀粲兮,珥瑶碧之华琚。

戴金翠之首饰,缀明珠以耀躯。践远游之文履,曳雾绡之轻裾。微幽兰之芳蔼兮,步踟蹰于山隅。'"

○(南朝梁)萧统《文选》:"若夫青琴、宓妃之徒,绝殊离俗。"李善注:"宓妃,伏羲氏女,溺死洛,遂为洛水之神。"

○(唐)段成式《酉阳杂俎》:"河伯人面,乘两龙。一曰冰夷,一曰冯夷。又曰人面鱼身。"

○(清)王先谦《庄子集解·庄子集解内篇补正》注引《清泠传》:"(冯夷)华阴潼乡堤伯人也,服八石得水仙,是谓河伯。"

附:

○刘媛编著《中国神话与民间传说·风流的水神,忧伤的宓妃》:"漂亮温柔的宓妃拿着她的琴来到河边,抚琴弹奏了一曲……(河伯)也为这琴音所陶醉,就循着声音一路找来……一个大浪就将可怜的宓妃卷进了河里。"

○寇兴耀、程苏丹编著《洛阳名胜古迹传说故事》:洛川宓妃庙供奉着洛神宓妃,传说宓妃死后,伏羲十分悲伤,就攀着生于天地中央的建木"天梯",登上天庭,请天帝封宓妃当了洛水的女神。

○洛阳市地方史志编纂委员会编《洛阳市志》第十八卷《人物·附录》:"宓妃,相传为宓牺(即伏羲)氏之女,她有感于洛水两岸美景,被上天封为洛神,又称雒嫔。她把结网捕鱼方法教给洛水沿岸的居民,深受有洛氏百姓爱戴。黄河水神河伯冯夷得知宓妃是一个旷古的美人,就兴风作浪,用武力把她抢走企图霸占为妻。……洛神的故事虽为神话传说,但它却塑造出一位勤劳善良而又饱受磨难的中国古代妇女的美好形象,成为古都洛阳的保护神。"

【今绎】

一

又到河伯娶新妇的时候了,
今年部落里再次献上了一个女子。
好色的河伯迫不及待地想去看,
突然,河面上传来了一阵悠扬的乐声,
透过河水,他看到了一位正在弹琴的姑娘。

二

姑娘轻轻拨动着琴弦,一曲初罢,
便缓缓起身,在河谷间跳了起来。
她时而逐风,翩然如惊飞的鸿雁;
又时而踏波,婉约如游动的蛟龙;

透过河水,
河伯看到了一位正在弹琴的姑娘。
姑娘轻轻拨动着琴弦,一曲初罢,
便缓缓起身,在河谷间跳了起来。

笑颜一展,更若灼灼芙蕖出清波。①

看到这儿,河伯就再也忍不住了!

三

他手捧着一把清新的水草,

乘着双龙,从黄河中缓缓升起,

朝着姑娘的方向,踏歌而来:

"林有朴樕②啊,庭有双燕。

有凤求凰③啊,有鱼戏莲④。

潼乡的我啊,爱上了这位姑娘!"

---

①芙蕖(fú qú):荷花的别称。灼灼(zhuó zhuó):形容芙蕖盛开,颜色鲜明的样子。清魏秀仁《花月痕》第十三回:"隔水望芙蕖,芙渠红灼灼。"这三句化用三国曹植《洛神赋》:"其形也,翩若惊鸿,婉若游龙。荣曜秋菊,华茂春松。仿佛兮若青云之蔽月,飘摇兮若流风之回雪。远而望之,皎若太阳升朝霞;迫而察之,灼若芙蕖出渌波。"

②朴樕(pú sù):亦作"朴遫"。指丛木、小树。"林有朴樕"出自《诗·召南·野有死麕》:"林有朴樕,野有死鹿。白茅纯束,有女如玉。"

③凤求凰:传说司马相如在卓家大堂上所弹奏的古琴曲辞,后多以"凤求凰"表示热烈的求偶。

④鱼戏莲:出自《江南》:"江南可采莲,莲叶何田田。鱼戏莲叶间,鱼戏莲叶东,鱼戏莲叶西,鱼戏莲叶南,鱼戏莲叶北。"

四

听到这轻佻的歌词,姑娘愣了愣,
疑惑地看向来人,只见他:
长发披散,双眼明亮,皮肤白皙,
身后摆动着一条长长的鱼尾。
鱼鳞在阳光下,熠熠生辉。
轻轻一摆,就是流光溢彩。
"原来是'大名鼎鼎'的河伯呀!"
姑娘一想到这儿,扭头就飞走了。

五

美男子河伯居然就这样被拒绝了!
他呆望着姑娘离去的身影,怅然若失……
跟随河伯多年的乌贼看出了他的心思,
悄悄打听到了姑娘的背景,报告河伯说:
"大河神,那可是人皇伏羲的女儿呀,
得到她,您不但拥有了世间最美的女子,
还可以得到更多权力,将来天下美人唾手可得啊!"

河伯手捧着一把清新的水草,
乘着双龙,从黄河中缓缓升起,
朝着姑娘的方向,踏歌而来。
只见他,
长发披散,双眼明亮,皮肤白皙,
身后摆动着一条长长的鱼尾。

六

听到这些，河伯的心里简直乐开了花，
立马让乌贼带领虾兵蟹将去送定亲的彩礼。
一见到伏羲，乌贼就一脸谄媚地说道：
"伏羲王，我们大河神爱上了您的女儿宓妃，
如果咱们能够成为亲戚，这世界就更加……"
都知道河伯是个好色之徒，伏羲摇摇头，
不待乌贼说完，就让朱襄和昊英①将他们赶走了。

七

乌贼灰溜溜地跑了回来，
对着河伯添油加醋地哭诉道："大河神呀，
那伏羲和他的属下，简直太野蛮了！
根本没把您放在眼里！一听我们是您派去的，
立马把我们赶了出来，还毫不避讳地说：
'我的女儿谁都可以嫁，就是不能嫁给花心大河伯！'"

---

① 朱襄、昊英：传说是伏羲的两位近臣。北宋刘恕《资治通鉴外纪》："太昊立九相，共工为上相，柏皇为下相，朱襄、昊英常居左右，栗陆居北，赫胥居南，昆吾居西，葛天居东，阴康居下。"

听到乌贼的话,河伯的心里简直乐开了花,立马让乌贼带领虾兵蟹将去送定亲的彩礼。

八

河伯在被宓妃拒绝后,本就郁闷不已,
又看到彩礼被抬了回来,更是眉头一皱,
再听到乌贼说的这些话,顿时就火冒三丈。
"该死的伏羲! 该死的宓妃!
我得不到,那任何人都别想得到!
我宁愿毁了她!"
就这样,河伯在心里开始暗暗谋划着。

九

一天下午,河伯化作一位老渔夫,
驾着一艘以荷叶为篷的小船,
在黄河里漂呀漂,一直漂到了洛水。
突然,"啪"的一声,
一个浪子打过来,小船的荷叶篷就全坏了,
船儿在水里直打转,眼看就要沉下去了……

河伯化作一位老渔夫,

驾着一艘以荷叶为篷的小船,

突然,一个浪子打过来,

小船的荷叶篷就全坏了,

船儿在水里直打转,眼看就要沉下去了……

十

宓妃恰好经过,赶紧划船过来救人。
她哪里知道,渔夫是河伯变的!
当宓妃把"渔夫"救上自己的船后,
河伯露出原形,趁势一把抱住宓妃,开口道:
"美人儿,你就乖乖儿嫁给我吧! 不然,
我就把你带到三百仞深的从极之渊①去,
让你再也见不到父母,见不到白天!"
"你休想!"宓妃大喊,拼命挣扎着。

十一

终于挣脱了河伯,
宓妃纵身一跃,跳入了滚滚洛水之中。
河伯见此,恼羞成怒,
他咬了咬牙,干脆一不做二不休,
掀起一个巨浪,将宓妃卷入了河底……

---

① 从极之渊:又作"忠极之渊",传说中河伯居住的地方。语出《山海经·海内北经》:"从极之渊深三百仞,维冰夷恒都焉,冰夷人面,乘两龙。一曰忠极之渊。"

宓妃纵身一跃,跳入了滚滚洛水之中。
河伯见此,恼羞成怒,
他咬了咬牙,干脆一不做二不休,
掀起一个巨浪,将宓妃卷入河底。

不久,伏羲接到女儿死讯,悲痛欲绝。

乃缘建木,上天庭,奏请天帝。

宓妃终得天帝怜悯,获封洛神。

【衍说】

河伯与宓妃的爱情神话早在《楚辞·天问》中就有记载:"胡射夫河伯,而妻彼雒嫔?"王逸注曰:"雒嫔,水神,谓宓妃也。"这说明楚辞时代就有河伯和宓妃是配偶神的说法了。河伯是古代神话中掌管黄河的水神。传说宓妃是伏羲的女儿,因溺死洛水,就被天帝封为了洛神。洛水,古时又称雒水,是黄河右岸重要的支流。从地理位置上看,黄、洛既然相通,那么掌管两河的神灵也就有了相互联系的依据,因此河伯与宓妃的爱情神话也就有了滋生的土壤和发展的可能。除此之外,在众多涉及河伯婚恋关系的传说中,还有关于河伯娶亲的传说。《史记》就最早完整记载了"河伯娶妇"的故事。

值得一提的是,在这些传说故事中,河伯始终以一种好色、霸道的形象出现。据《史记·滑稽列传》记载,邺地的巫祝每年都会选择一名女子,将其沉入河中,供河伯享用,以求得河伯保佑。将女子作为祭祀品沉入水中的风俗,是远古沉人祭祀的一种遗留。祭祀来源于人们的崇拜与敬畏心理,将掌管黄河的水神称呼为"伯",本身就是古人黄河崇拜的一种反映。在古汉语中,"伯"字或是对长者的尊称,如许慎在《说文解字》中训"伯"为"长",段玉裁注曰:"长者皆曰伯。"或是泛指统领一方的长官,如《礼记·王制》记载:"分天下以为左右,曰二伯。"又或曰通"霸",意为王霸之义,如春秋五霸又称五伯。《韩非子·难四》记载:"桓公,五伯之上也。""伯"有时还表示古代五等爵位中的第三等,以及女子对丈夫的尊称等含义。 综上所述,说明古人称黄河水神为"伯"带有相当的尊敬意味,对黄河之神的尊敬,其实就源于对黄河的尊敬。 然而,从一定程度上讲,这也反映出了古人对黄河的矛盾心理,即崇拜与敬畏。

  作为中华民族伟大的母亲河,黄河在历史上一直都扮演着十分重要的角色。 又由于它对整个民族的生成有着不可磨灭的贡献,人们才始终对它心怀感恩。 早在殷商时期,黄河就有着与殷人祖先一样的神圣地位,被唤作"高祖河",还被称为"河宗",而兴起于渭河、泾河地区的周人也继承了这一观念。 他们认为"河与江淮济三水为四渎,河曰河宗,四渎之所宗也"。 秦始皇也曾将黄河更名为"德水"。 直到今天,黄河也依旧是我们的"母亲河"。 中华民族对黄河的感恩与崇拜始终都在延续与传播。 值得注意的是,尽管黄河丰富的水资源和独特的地理位置,使古人的生存与发展在很大程度上都依赖于它,但由于受到有限生产力和知识、科技水平等的约束,古人并不能充分而有效地利用黄河水。 不仅如此,反而屡屡遭遇黄河决堤所带来的灾害。 这就使得古人不仅对黄河崇拜有加,还形成了一种敬畏心理。

  随着现代科学技术的发展、经济水平的提高,我国已成功修建了一系列黄河水利工程,如小浪底大坝、三门峡大坝等。这表明人类已经能充分利用黄河资源、科学治理黄河水患。人类与黄河的距离被进一步拉近,黄河已变得不再神秘。人类对其自然力量的崇拜与敬畏也逐渐消失。取而代之的是,黄河的文化特质被凸显出来,并最终成为民族文化的一种象征。具有原始宗教性质的河伯祭祀风俗也随之消失,仅保留在众多古代典籍之中,成为我们了解古人生活的重要资料。

本文依据《山海经》《史记》《酉阳杂俎》等古籍记载,在保留古神话中河伯与宓妃基本形态、个性特征的基础上,再结合地方故事、民间传说进行完善。文章通过叙述河伯对宓妃的追求与被拒,突出了河伯好色、善妒、霸道的性格特点,以及宓妃善良、刚烈、纯洁的美好品性。如前所说,河伯的负面形象是由人们对黄河敬与畏的矛盾心理孵化而来,而河伯与宓妃的爱情故事是基于黄河、洛水的地理特点。那么,透过神话"虚假"的表面,我们便可窥见古人真实的生活。

后 记

本来打算于年初出版的这套新书《中华远古神话衍说·三皇五帝》(共八本),因为疫情的影响,只得延后出版。 不过,这也才使原本因为忙碌而缺失的后记有机会补上。

2020年春节,这场突如其来的新冠肺炎,一方面拉大了人与人之间的距离,甚至于隔绝或永别,另一方面也无形中缩短了人们心灵的距离。 泱泱中华,空前团结,用德行感动着世界。 疫情如同一面照妖镜,照出世间百态,照出国际风云。 与此同时,也放慢了我们的脚步,让我们有了更多时间去回忆、去思考、去展望。

诚然,中华民族自古以来就具有勇于担当、不畏艰险的精神。 这套丛书里的故事,无论是大家比较熟悉的《夸父逐日》《精卫填海》《女娲补天》等,还是比较陌生的《青要山女罗》《黄帝斩恶夔》《孤独的旱魃》等,无不体现着这种精神。 中华民族还是个崇尚天道、充满仁爱的礼仪之邦,这体现在《三年成都》《承云之歌》《凤鸟立志》等故事中。 此外,中国古代的民主和法制精神,同样也可以在本丛书的故事中找到,如《绝地通天》《后土与噎鸣》《陆吾和英招》等。 甚至有对人性的思索,如《简狄和建疵》《神奇的大耳国》《月仙泪》等。当然，每一篇神话故事，我们若从不同的角度去思考和解读，又会有不同层面的获得。但有一点是共通的，那就是我们在祖述我们伟大祖先和神话英雄的同时，难道不也正是在千百遍地肯定着、传播着这些精神吗？统而言之，与西方神灵崇尚个人主义、高高在上不同，中国神灵崇尚家国天下，始终关怀着民生、代表着民意。

荣格早就指出，对于散失了灵魂的现代人来说，神话意味着重新教会我们做人。坎贝尔用他神话学专业的敏感告诉人们，古老神话永恒地释放着正能量。关于神话，摩尔根、马克思、恩格斯，其实都有过卓有见识的探索，对于其中所蕴含的人类智慧质素，也从不吝赞美。神话思维，与务实、中庸等一样，同样是我们这个民族的基因。

神话是一个民族的根。它连接着古代与现代，使伟大祖先和神话英雄们的血液仍在我们身体里汩汩流淌。传承是我们信仰的核心。越是久远，越是本质。朋友们，跟随这套书，来进行我们的文化寻根吧！不仅是自己的寻根、孩童的寻根，更是每一位中华儿女的寻根。这不是历史的考证的寻根，而是想象的心理的寻根，这才是真正的本质的寻根，才是"我从哪里来""我要到哪里去"的寻根。所寻之根，血脉之源，生命所系，民族所倚，万物所梦。

我写这套书有几个促因。

以我个人在神话研究领域的工作来说，这是我所做努力的第二个阶段。第一个阶段是从性别文化的角度对中国古代神话做整体性研究。2004年的夏天，我师从恩师李诚先生进行硕士阶段的学习，由此开始了我的神话研究之旅。后来，我的博士研究方向，依然是中国古代神话。在恩师项楚先生的指导下，三年的深耕细作，别有洞天。工作以后，在忙碌的教学之余，我仍然舍不得放弃神话研究，先后主持完成了"女性神灵研究""性别文化视域下的神话叙事研究""从厕神看中国文化的基质与动力""中国厕神信仰考论"等神话类课题。尤其是2014年我主持国家社科基金项目"中国厕神信仰考论"时，对中国神话的存在状态和意义又有了新的认知。我渐渐感受到，中国是不缺乏优秀文化的。

同年10月15日，习总书记在北京全国文艺工作座谈会上指出，文化是民族生存和发展的重要力量，文化自信是更基础、更广泛、更深厚的自信。因此，当代社会需要结合新的时代条件传承和弘扬中华优秀传统文化，不断增强中华优秀传统文化的生命力、影响力，增强中华儿女的文化自信，实现中华文化的创造性转化和创新性发展。

在此过程中，越来越多的人参与到传承经典、发扬文明的大潮中来，近年掀起的"国学热"就是其中一例。我理解，"文化自信"的本质，就是对民族之根的自信；"国学热"的背后，就是对民族之根的追求。如前所述，中国神话连接着古代与现代。时至今日，伟大祖先和神话英雄们的血液仍在我们身体里汩汩流淌。中国神话，是最相宜的寻根之路。随后我便开设了一门选修课"中国古代神话"。在授课的过程中，很多学生对神话非常感兴趣。我在梳理神话原典的同时，也常加上自己的研究心得，拓展开来，不知不觉讲了一个学期。不过那时，我的主要精力不在此，对神话的普及工作还未做深入的思考。

  2015 年 5 月，我的女儿上颐满三岁。她开始对神话特别感兴趣。这时，我也有机会开始系统搜罗神话普及类读物。但结果却让我疑惑：怎么会没有写给我女儿的神话故事呢？在中国的大地上，竟然西方神话故事多于中国神话故事，难道中国神话故事就那么寥寥无几吗？百年来，中国神话研究已经取得了丰硕的成果，但这些研究成果被束之高阁，大众无法触及。市面上的神话读物，大体有以下几个倾向。第一，故事重复、陈旧。第二，或是死守原典的直接翻译，或是无甚依据的随意改编。第三，也有取材于学术论著者，但专业性太强而大众审美性、可读性不足。第四，教育意义比较单一、生硬，未能与时俱进。而且，最为关键的是，大众对神话的理解并没有比一百年前更先进。神话本是一个民族的根，却被误认为是迷信；它本是一个国家的自信，而被误认为不切实际；它本是如今仍然汩汩流淌在我们身体里的鲜血，却被误认为是早已僵死在氏族时代的枯槁。正值经典阐释如火如荼的时代，我们为何唯独忘了神话？一想到这里，我便萌生出做一套大众类神话读物的愿想，产生了讲好中国神话故事的想法，甚至努力暂时撇开日常杂事，试着从专业学科的角度来思考谋划。一方面，可以讲给女儿听听，也算我作为母亲的一片心意。另一方面，也想弥补"国学热"中的一个缺环。

不久，好友许诗红的"力文斋"画室搞活动，邀请我去做嘉宾。她是个非常出色的画家，一手创办的"力文斋"也已经走过了21个春秋。多少孩子在这里收获了精湛的画艺、脱俗的审美，以及精彩的人生，她大概已经记不清了。那天，我们举办了"你讲我画"活动，即我讲神话故事，孩子们绘画。活动非常成功。后来我的朋友、学生们也积极参与进来。此后，我们又在成都周边的多所学校中多次组织这类活动，取得了很好的效果。这段随缘经历不仅让我获得了不少"讲故事"的技巧，更让我了解了大众（尤其是青少年儿童）对于神话故事的渴求、对于文化寻根的执着。与此同时，我要出版一套普及类中国古代神话小书的愿想更加迫切了，而且书写形式也更明晰了。

让我感到无比幸福的是，不少朋友听说这件事后主动给我打电话、发微信，表示对这套小书很感兴趣，希望在条件允许的情况下，能出一份绵薄之力。他们有的是大学教授、高级教师、律师、作家、心理咨询师等已经工作了的"社会人"，有的是我一手带大的研究生"娃娃"。李进宁、严焱、高蓉、付雨桁、税小小等参与部分文本写作；王自华、杨陈、王春宇、李远莉、苏德等不仅参与部分文本写作，还参与了出版前的校对工作；安艳月、王舒啸、韩玲等参与部分插画的绘制……凡为此书有过贡献者，我均已署名，在此不一一列举。特别是在我出国客座那一年,上述诸君为此书付出的心血与精力,是非常令人动容的。此间的汗水与泪水,狮子山下的509专家工作室可以见证;此间的情谊与幸福,早已经浸润在我们共同的作品中。

此外,我还特别感谢施维、陶人勇、肖卫东、许诗红等老师的指导,以及李诚、刘跃进、叶舒宪、周明等先生的推荐。感谢生活·读书·新知三联书店慧眼识珠,不遗余力地给予支持。正如前言所说,这套书的创新性是显而易见的,但是肯定还存在着不少问题,真切希望各位读者能不吝赐教,以便于我们进一步改进,讲好中国故事。

弹指五载,白驹过隙。启动此事,米儿才三岁,转眼就八岁了。参与者中有好几位母亲,应该和我感同身受吧!插画小组的韩玲,我初见她时,还是个苗条的小姑娘,转眼就做母亲了。我总预感,读者不仅能从这套丛书中读到有趣的神话,肯定也能嗅出几分母爱的天性吧!

最后,谨以此书献给雷上颐、林子言、梁泠芃、王晨曦、王艺晗小朋友。

是为记。

彦序　上颐斋

2020年4月29日